MES FANTAISIES .

Ludibria ventis.

IV. Partie

ŒUVRES
COMPLETTES
EN VERS,
ET
EN PROSE.

Par M. DORAT *, ci-devant Mousquetaire.*

Recueillies & retouchées par lui-même.

NOUVELLE ÉDITION AUGMENTÉE.

QUATRIEME PARTIE.

A PARIS,

Chez SEBASTIEN JORRY, rue & vis-à-vis
la Comédie Françoise, au Grand Monarque
& aux Cicognes.

M. DCC. LXIX.
Avec Approbation & Privilege du Roi.

DISCOURS

*SUR la Poéfie en général, &
particuliérement fur les Pieces
Fugitives.*

Depuis qu'*Homere*, le premier & le plus
parfait des modeles, a enchanté ce trifte
globe par le charme des vers, la Poéfie a
confervé fes droits fur les cœurs fenfibles
& fur les imaginations qui connoiffent le
prix d'une erreur fi fouvent utile à la vérité. Cet Art fe plut long-temps fous le beau
Ciel de la Grece. La Patrie du Peintre d'A-
chille fut auffi celle des fictions brillantes,
de l'Eloquence Républicaine, de cet héroïf-
me épuré qui naît de la culture des efprits;
& que l'ignorance n'atteindra jamais. Rome
fe fit pardonner fes conquêtes en faveur du
talent de les chanter. Les rives du Tibre,
fi fouvent jonchées de morts, fe couvrirent
de fleurs aux accents d'Horace, de Virgile
& de Tibulle. Grace à ces Philofophes pai-

fibles, un jour doux pénétra dans ce deuil
immenfe répandu alors fur l'Univers.

ENTRE les Nations modernes, les Ita-
liens & les Anglois fe font auffi diftingués
par leur goût pour cet art confolateur. Les
derniers fur-tout avoient befoin de fa magie
pour éclaircir cette mélancolie fombre qui
les confume, & vaincre cette férocité in-
fulaire qui peut-être fans les Popes &
les Miltons, auroit produit des monftres.
Cromwel n'aimoit point les vers. Heureux
encore les Mortels à qui la Nature dans
leur infortune a laiffé un hochet pour les
diftraire & les empêcher de devenir barbares. Les Allemands aujourd'hui femblent
avoir recueilli quelques-unes de ces étincelles poëtiques, long-temps égarées fous
les cendres d'Athenes & les débris de l'an-
cienne Capitale du Monde : mais la France
eft toujours le fol que les Mufes affection-
nent davantage ; elles y réfiftent aux chocs
des mœurs actuelles, aux dégoûts de la
frivolité, à l'ingratitude de ces Oififs, dont
le luxe endurcit l'ame, & qui aimeroient
mieux être accablés d'ennui, que contraints
d'eftimer ce qui leur donne du plaifir.

JE vais fuivre les révolutions de la Poéfie
parmi nous : je remonterai jufqu'à fon berceau, je marquerai fes progrès, fes jours

de force ou de langueur, & me reposerai plus particuliérement fur le genre dans lequel j'ai hazardé les effais qui compofent ce Recueil. Ces fortes d'efquiffes, quand elles font rapides, deviennent intéreffantes, en ce qu'elles raffemblent, fous un feul point de vue, l'ouvrage de plufieurs fiecles, rapprochent les nuances éparfes d'un grand tableau, & fixent en quelque forte l'éternelle mobilité de l'efprit humain. Le dépôt des connoiffances s'éparpille aujourd'hui en d'innombrables analyfes qui les font circuler & les rendent plus familieres à la multitude. Cette méthode, contre laquelle on a déclamé, place les tréfors de la Science à une hauteur où l'on peut les atteindre : elle favorife la pareffe en multipliant les lumieres, & , fi elle empêche de découvrir des fources nouvelles, elle tire au moins des anciennes tout ce qu'elles peuvent fournir d'agrément ou d'utilité. C'eft ainfi que l'eau des grands Fleuves fe refferre en mille canaux fouterrains, pour aller embellir nos Parcs, & abbreuver nos Prairies.

Nos premiers Poëtes, fi nous voulons les chercher jufques dans les Gaules, font connus fous le nom de Bardes. Ils compofoient des vers : les Druïdes les récitoient. Ces Prêtres en favoient quelquefois jufqu'à vingt mille, dans lefquels étoient renfer-

més les secrets de la Religion & les dogmes de la Théologie. Mais je ne veux point
me perdre dans cette antiquité où l'on ne
trouve que nuages & qu'incertitudes. Je
laiſſe ces diſcuſſions minucieuſes à la patience des Compilateurs. On en cite un
qui affirme hardiment que les Patriarches,
avant le déluge, n'étoient point du tout in-
ſenſibles à la Poéſie ; que notre premier Pere,
dans le Paradis terreſtre, faiſoit pour ſa chere
compagne de très-jolis Madrigaux, & que
les Anges même, au moment de la créa-
tion, entonnerent en vers les louanges du
Créateur. Ces abſurdités ne ſont bonnes qu'à
faire voir juſqu'où peut égarer la manie des
recherches, quand elle n'eſt point dirigée
par le goût & la Philoſophie. Je n'exami-
nerai pas non plus ſi nous devons la rime
à l'omoioteleute des Romains ; ſi elle nous
vient des Provençaux, ou leur eſt antérieure ;
lequel en eſt inventeur, de *Paul Diacre*,
ou du Pape *Léon* ; ſi elle entra en France
par le Nord ou le Midi, par l'entremiſe
des Maures, des Goths, ou des Arabes. Cela
n'intéreſſe perſonne.

CEUX qui cultivoient notre Poéſie dans
ſon premier âge formoient des troupes er-
rantes, à-peu-près comme celles de nos
Comédiens de Campagne : des Eſſains Poé-
tiques ſe répandoient de toutes parts ; ils

affiégeoient les Châteaux, les Palais, & récitoient à tout venant des vers tudefques qu'ils appelloient modeftement le langage des Dieux. Les chefs de famille menoient avec eux leurs femmes & leurs enfans qui naiffoient dans le fein de la rime & n'avoient qu'elle pour héritage. Tous ces Amphions voyageurs étoient admis à la table de nos Rois qui les faifoient vivre, & à qui, comme de raifon, ils promettoient l'immortalité. La louange adroite ou non fut la premiere féduction qu'employa la Poéfie pour fe concilier la bienveillance des hommes ; & les Grands mirent bientôt de l'importance à des chanfons qui flattoient leur oreille en chatouillant leur vanité.

Les préparatifs des Croifades, la fermentation qu'elles occafionnerent, cet enthoufiafme précurfeur des grands événements, le vertige facré qui agitoit l'Europe, toutes ces caufes réunies firent éclorre des légions de Poëtes belliqueux qui s'armerent pour le faint tombeau & s'en alloient rimant contre les Sarrafins : mais les noms de tous ces guerriers ne font pas venus jufqu'à nous ; on ne fe fouvient que de leur zele & de leur extravagance. Cette révolution changea cependant le caractere des ouvrages : il n'y étoit queftion, avant elle, que de Charlemagne, de Roland, de Renaud de Mon-

tauban, du Roi Artus, du Chevalier de la
Table ronde : à ces noms fuccéderent ceux
de Bouillon, de Soliman, de Noradin, des
Califes & des Soudans. Ils ne s'épargnoient
pas fur-tout les Satyres contre les Turcs
& ce Payen de Mahomet ; ils auroient au
befoin brûlé Jérufalem pour en mieux ex-
tirper les racines de la Religion Mufulmane.
On voit par-là que le Fanatifme les avoit
tant foit peu gagnés, & que les Poëtes dans
ces temps de crife au lieu de s'élever contre
les paffions des Princes, en étoient les plus
ardens Apologiftes. Il ne paroît pas que depuis ils fe foient corrigés de ce defaut ; &
ce fera pour eux une tâche éternelle aux
yeux de la raifon & de l'humanité.

PARMI tant de noms oubliés & fi dignes
de l'être, il en eft un que répéteront dans
la poftérité la plus reculée les Amans &
les Philofophes ; c'eft celui d'Abélard, dont
la fcience, les réflexions & le génie vinrent échouer contre un fourire d'Héloïfe,
& dont les malheurs ont ouvert une fource
de larmes qui ne fe fermera jamais dans
tous les cœurs fenfibles. il entremêloit les
fleurs de la Poéfie aux épines théologiques ;
& lorfque des études incertaines offufquoient
à fes yeux les rayons de la Divinité, il les
retrouvoit avec tout leur éclat dans les regards de fa maîtreffe. Les vers qui lui échap-

poient alors, refpiroient la paffion, la volupté, l'amour : les jeunes Amans fe les
rappelloient dans le calme de la folitude ;
ils y retrouvoient la peinture enflammée de
leurs peines, de leurs plaifirs & de leurs
fentimens. Abélard fut à la fois le Savant
le plus profond, le plus aimable des hommes, & certainement le plus perfécuté. Né
avec une ame brûlante, il fe vit obligé de
s'enfevelir vivant, pour pleurer l'impuif-
fance de fes defirs, l'inutilité de fa raifon
& cette loi du fort, qui le fit paffer en
quelque forte par tous les grades de l'infortune. Son exiftence cependant, toute orageufe, toute pénible, toute horrible qu'elle
fut, me fembleroit préférable à celle de
ces Erudits orgueilleux qui croient reculer
les limites de l'efprit humain, en pofant
les bornes du leur, achetent du facrifice de
leurs paffions le droit d'être infenfibles pour
les autres, & ne laiffent en entrant dans
le tombeau que des noms qu'on abhorre
& des volumes qu'on ne lit pas.

JE me fuis trop abandonné peut-être en
parlant d'Abélard ; mais lorfqu'on écrit pour
foulager fon cœur & diftraire fon imagination, on fe permet tout ce qui peut attacher l'une ou intéreffer l'autre. La crainte
de la critique doit céder au plaifir de fe
fatisfaire ; & il faut bien fe garder de tou-

cher à un défaut, quand il eſt le réſultat d'un ſentiment.

LES Poëtes qui vinrent après l'Amant d'Héloïſe n'eurent ni ſon mérite ni ſa ré-putation : c'eſt un *Hélynand* qui fut Moine pendant ſa vie, & dont on fit un Saint après ſa mort ; un *Hugues de Bercy*, Auteur d'une Satyre ſanglante qu'il nomma la Bible de Guyot ; un *Raoul* ; un *Vace* Normand, &c. &c. &c. *Thibault*, Comte de Champagne, ſe diſtingua dans cette foule ; c'eſt qu'il aimoit & qu'il chantoit l'Amour. Il mêla le premier les rimes maſculines aux fémi-nines, & ſentit les graces de ce mêlange. L'Arioſte, le Taſſe, le Cavalier Marin tranſ-porterent cette nouveauté dans leurs Stan-ces qui en acquirent plus de charme & d'har-monie. Les chanſons de Thibault furent très-eſtimées & eurent beaucoup d'imita-teurs : elles célébroient la beauté de Blanche de Caſtille, Mere de Saint Louis. D'après cela, il n'y eut ſi petit Rimeur qui ne ſe fît une Reine à ſa guiſe, pour laquelle il s'épuiſoit en Madrigaux amoureuſement go-thiques. De-là ſont nées les Iris en l'air, les chaînes, les martyres, toutes ces phraſes doucereuſes qui vieillirent dès leur nou-veauté, & ſont venues depuis affadir *nos* Eclogues, nos Idylles, nos Elégies, ſur-tout nos Opéras.

Au milieu de tant de Chanſons, on vit éclorre le Roman de *la Roſe*, que les gens de goût eſtiment encore aujourd'hui : il fut commencé par Guillaume de Lorris, & continué par Jean de Meun ; c'eſt une eſpece d'art d'aimer :

> Ci eſt le Roman de la Roſe,
> Où tout l'art d'amours eſt encloſe.

Il renferme les expreſſions vives de cette paſſion ſi douce & ſi cruelle, qu'on ne ſe laſſera jamais de peindre, & dont les peintures ſont toujours intéreſſantes même pour les malheureux qu'elle a faits. Cet Ouvrage éprouva tout ce qui accompagne les grands ſuccès, les éloges outrés, & les contradictions ridicules. Les Religieux qui s'y voyoient maltraités crioient au blaſphéme ; les Prédicateurs lançoient contre lui toutes les foudres de l'Eloquence Apoſtolique ; & Gerſon, Chancelier de l'Univerſité crut l'enſevelir ſous un énorme Traité Latin qu'il compoſa à ce ſujet avec toute la fougue de Démoſthenes ; mais les Graces toujours victorieuſes ſe jouent des criailleries des Moines, des Anathémes de la Chaire, & du Latin de l'Univerſité.

Les Partiſans du Roman de la Roſe tomberent dans un autre excès : à les entendre, c'étoit le Livre univerſel. Fable, Hiſtoire, Morale, Théologie, Religion, Chymie, tout étoit renfermé fous cet ingénieux emblême. Cette Rofe, d'après eux, repréfentoit tour-à-tour la Science, la Sageffe, les myfteres de la *Grace*, la Piété Chrétienne, & le *Port du Salut* : quelques-uns même y appercevoient la *Rofe virginale de Marie*, la *blanche Rofe en Jéricho plantée*, le *Verger d'infinie Lieffe*, le *Rofier de tout bien & gloire*, qui eft la béatifique vifion de l'effence de Dieu.

QUEL délire de part & d'autre ! Il eft clair cependant que cette Rofe fi mal attaquée, fi mal défendue, eft abfolument la même * qui fut tranfplantée depuis à l'Opéra-Comique, par l'Auteur de la Métromanie.

QUOIQU'IL en foit, ce Roman célèbre fut en quelque forte l'Aurore de la Poéfie Françoife ; il eft à la fois voluptueux & fatyrique. Les Femmes fur-tout n'y font pas ménagées ; les Epigrammes contr'elles y reviennent à tout moment ; en voici une :

> Pénélope même il prendroit,
> Qui bien à la prendre entendroit.

QUAND cela feroit, faut-il le dire avec cette dureté, & outrager un fexe charmant

* *La Rofe*, Opéra-Comique de M. *Piron.*

qui n'a pas toujours le courage de fe défendre contre les idées du bonheur que nous
attachons à fes foiblefſes ?

Apre's cette produ&ion , les Mufes fe re-
poferent long-temps. Dans cet intervalle
elles n'accorderent leurs faveurs qu'à quelques Moines , & entr'autres à *Jean Venete*,
Carme du grand Couvent. Enfin, grace à
Froiſſard, on vit naître le *Chant Royal*, la
Ballade , le *Lai* , le *Virelai* , le *Triolet* , le
Rondeau , & toutes les pieces à refrein. Ce
Froiſſard, que nous connoiſſons comme Hif-
torien, fit auſſi beaucoup de vers : il mettoit à la tête, qu'ils avoient été compofés,
à *l'aide de Dieu* & des *Amours*.

Villon parut , & comme dit Boileau,
. . . . . dans ces fiecles grofſiers ,
Débrouilla l'art confus de nos vieux Romanciers.

Ce Villon avoit quelque mérite ; mais
fa vie eft pleine de détails qui répugnent.
Ses licences plus que poëtiques le mirent
aux prifes avec le Châtelet, & il paroît par les plaifanteries qui lui échappe-
rent alors , que c'étoit un homme fans honneur & fans aucune forte de fenfibilité. Je
ne fais comment on s'arrête fur ces anec-
dotes flétriſſantes pour la Littérature : que
ne peut-on plutôt cacher à la poftérité les
noms des malheureux qui ont deshonoré

leur talent , & n'ont pas fenti que la premiere gloire eft celle des mœurs & de la
probité ?

LES Ouvrages de Villon , quoique plus
corrects , ne fervirent point aux progrès de
la Poéfie : au contraire , ceux qui le fui-
virent la défigurerent au point d'en faire
un art méconnoiffable & barbare. Ce n'é-
toit plus qu'un amas de rimes laborieufe-
ment entaffées les unes fur les autres ; leurs
noms étoient la Batelée , la *Fraternifée* , la
Rétrograde , l'*Enchaînée* , la *Brifée* , l'*Equi-*
voque , la *Senée* , la *Couronnée* , l'*Empérie-*
re , monftrueux abus de la patience & de
l'efprit humain. Ce mauvais goût infecta
tous les écrits : il donna des entraves à
la raifon , au fentiment ; & les Poëtes alors
n'étoient que des enfans imbécilles ou des
Bâteleurs coupables. La fureur des rimes
bizarres n'eft pas la feule manie qu'on ait
à leur reprocher. *Pour comble de ridicule* ,
ils arrangeoient leurs vers avec une telle
fymmétrie & des combinaifons fi ridicu-
lement ingénieufes qu'ils en formoient toutes fortes de figures , comme des *triangles* ,
des *ovales* , des *croix* , des *fourches* , des *ra-*
teaux. On a confervé cinq de ces Pieces ,
qui repréfentent un autel , un *œuf*, *des aî-*
les & un fiflet : ce dernier convient mer-
veilleufement à de pareilles inventions , &

aux Rimailleurs Automates qui ſe ſont joués à ce point de l'indulgence de leurs contemporains.

L'EXCE's des extravagances annonce qu'elles touchent à leur terme. *Marot* les fit oublier. Voici le moment où la Poéſie ſort en quelque ſorte de ſon cahos, prend une forme plus réguliere, & s'embellit, par dégrés, ſous les pinceaux de Clement, de Saint Gelais, de Belleau, de Ronſard & de Baïf. Malherbe lui donne encore plus de pompe & d'énergie ; il ébauche en elle ces traits de force & de majeſté qui ſe développent enfin, ſous le beau ſiecle des Corneille, des Racine, des Boileau & des la Fontaine. Le nôtre, à ce qu'il me ſemble, n'a point dégénéré ; nous avons, je crois, des rivaux à oppoſer aux plus beaux génies qui aient illuſtré le regne de Louis XIV. La Philoſophie a ouvert le champ des connoiſſances où la Poéſie elle-même a cueilli des fleurs moins paſſageres & de plus ſolides ornemens. L'augmentation du luxe, l'amour de la nouveauté, l'appréciation plus juſte des titres & des rangs, une ſorte d'indépendance dans les opinions, tout cela donne plus de *mordant* aux eſprits & au goût plus de délicateſſe. Les grands Hommes, que je viens de nommer, en nous applaniſſant les difficultés de l'Art, nous ont laiſſé le temps de penfer davantage. Le travail de l'Artifte ne nuit pas, de nos jours, aux études du Philofophe, & nous fommes d'autant plus avancés, qu'on a fait pour nous les premiers pas, qui ne font pas les moins difficiles. Peut-être eft - il quelque partie plus négligée, telle que la Comédie, portée à fa perfection par Moliere, & voifine aujourd'hui de fa décadence ; mais il en eft d'autres dans lefquelles nous ne devons rien envier à nos prédécesseurs.

Parmi les genres où nous excellons, la Poéfie légere eft un de ceux que nous avons le plus perfectionné. On a vu naître depuis quarante ans une foule de Pieces Fugitives qui font devenues le charme & l'amufement de la Société. Il ne faut point les juger par leur peu d'étendue, mais par les graces tantôt badines, tantôt voluptueufes qu'on y doit répandre, par la gaîté franche, la peinture vive des mœurs, & ce cachet d'originalité qui en doit être le principal caractere. Dans certaines productions le Poëte eft contraint de difparoître fous des Perfonnages empruntés qu'il fait parler bien ou mal. Il fe montre dans quelques-unes avec un attirail fatiguant pour lui & pour les autres : là, il n'a point d'entraves à fe donner : il eft exempt de ces convulfions préliminaires qui dans la regle doivent précéder l'infpiration. C'eft l'homme que l'on cherche : c'eft lui qu'on eft cenfé voir & entendre ; il parle, il converfe, il s'abandonne à cette indifcrétion qui fait honneur à l'ame qu'elle trahit. Ses goûts, fes penchans, fes humeurs, fes défauts même, tout lui échappe, comme fi le Public ne devoit jamais être dans la confidence. S'il eft vrai qu'un Poëte fe peigne dans fes écrits, c'eft fur-tout dans ceux dont il eft queftion. Il y eft froid, dès qu'il fe mafque ; il faut qu'il y foit Amant, Convive, Ami, & que fon cœur fe réfléchiffe dans tous les tableaux que colorie fon imagination. Voilà pourquoi ces fortes de Pieces doivent être courtes & rapides ; elles font les faillies du moment; tout leur fel s'évapore, dès qu'elles annoncent le projet. Qu'on life Horace, on verra chez lui le précepte renfermé dans l'exécution. Exceptez en les Satyres, l'Art Poëtique, quelques Odes dans le goût de Pindare, ce Poëte charmant eft tout en pieces fugitives. Ce font autant de petits chefs-d'œuvres que la volupté même a dictés à la pareffe, & que les Mufes ont recueillis pour en faire les délices de la poftérité. Ce genre convenoit parfaitement au tour d'efprit d'Horace, à fon caractere volage, à la vie diffipée qu'il menoit chez Mécene, & qui ne lui permettoit pas de s'impofer la charge d'un long ouvrage. Entraîné par le tourbillon de Rome, il faififfoit en courant les nuances les plus délicates ; fur-tout il fe peignoit lui-même avec ces couleurs vraies, qui prêtent à la négligence même un charme que n'ont pas des beautés à prétentions. Tantôt il vante l'illufion d'un amour naiffant ; tantôt il s'emporte contre la perfidie d'une Maîtreffe. Pour fe confoler il ordonne à un Efclave d'apporter des fleurs & du vin ; il célebre les charmes de la jeune Phidylé, plaifante fur la coquetterie de la vieille Chloris ; prend congé de l'amour avec humeur ; & l'inftant d'après chante amoureufement une hymne à Vénus : là, c'eft Bacchus qu'il implore, & qu'il prie de l'aider à bien recevoir Meffala ; plus loin, il annonce à Lamia de l'orage pour le lendemain, & lui recommande d'adoucir la rigueur du temps par le plaifir de la table. Ne croiroit-on pas, en parcourant tous ces fujets, être dans la familiarité d'Horace ? Il vous tranfporte à fon Tivoli, entre Philis & Ligurinus ; vous devenez le témoin de fes fêtes, le confident de fes amours, & l'admirateur de fes chanfons. Ce qui acheve fon éloge, c'eft ce mélange de raifon qui perce à travers fon badinage : on trouve plus de morale dans les efquiffes de ce Poëte Philofophe, que dans les traités approfondis de tous nos Moraliftes. Ce n'eft point cette Philofophie orgueilleuſe qui ſe charge avec confiance de l'inſtruction dè l'Univers, n'eſtime que ſes opinions, n'aime que ſes Proſélytes, & verſe autour d'elle le fiel brûlant de la miſantropie ; c'eſt celle qui ſçait rire & pardonner, qui ſe joue en quelque ſorte autour du cœur humain, pour mieux ſaiſir l'inſtant d'y pénétrer ; eſt toujours ſimple, ne dogmatiſe jamais, & adoucit, par des Fables aimables, les traits auſteres de la vérité. La Philoſophie d'un Poëte doit être ſans affiche. Il faut qu'il la puiſe dans ſon cœur, & qu'elle ſe mêle à ſes ouvrages comme l'air, ce fluide imperceptible, s'inſinue dans tous les corps ſans que l'œil s'apperçoive de cette opération de la Nature. Un vrai Sage eſt indulgent ; c'eſt d'après ſes propres paſſions, qu'il doit raiſonner ſur celles des autres ; c'eſt de ſon aveuglement qu'il doit emprunter le flambeau dont il éclaire ce qui l'environne : l'inſenſibilité ſeche l'eſprit, & reſſerre les idées. De-là naiſſent les conjectures vagues, les faux jugemens, les déclamations faſtueuſes, tous ces froids apophtegmes pour qui l'ame n'a point d'oreilles. Il faut avoir vu les tempêtes pour oſer les décrire : enfin c'eſt parmi les peines & les plaiſirs, dans les chocs de l'amour & de l'ambition, c'eſt du ſein des foibleſſes & des erreurs que s'éleve cette voix intéreſſante & victorieuſe qui inſtruit les malheureux en les attendriffant, fait aimer la Raifon, perfuade le devoir, & ramene l'homme par l'attrait même du bonheur qu'il avoit perdu.

VOILA mes Sages, voilà ceux que j'irai confulter, quand il me faudra de plus confolantes illufions. Je redoute Sénéque comme un Maître, je confulte Horace comme un Ami.

PARMI les Modernes l'Abbé de Chaulieu nous donne une idée de cette fageffe douce & compatiffante que Nicole & la Bruyere n'ont jamais connue.

JE m'arrêterai un moment fur ce Poëte célebre qui le premier a mis en vogue le genre fur lequel j'ofe rifquer quelques réflexions. Il étoit d'une bonne Maifon, quoiqu'il fît de jolis vers. Il avoit l'imagination brillante, l'ame fenfible, pleine de chaleur, ouverte aux douces impreffions de la volupté. Outre ces qualités peintes dans fes écrits, il fe trouva porté par fa naiffance dans ce tourbillon qu'on appelle bonne Compagnie, qui feule pouvoit faire la réputation d'un homme tel que Chaulieu. Le Prince de Conti, Meffieurs de Vendôme, le Duc & la Ducheffe de Bouillon s'en emparerent & l'admirent dans les fecrets de leurs plaifirs. Les Gens de Lettres alors trouvoient de vrais amis , & n'avoient point fans ceffe à fe tenir en garde contre l'infolence des Protecteurs. C'eft de notre fiecle que date cette efpece d'hommes qui fe croient propriétaires du talent qu'ils prônent , verfent le dénigrement fur celui qui les néglige , & ne font plus rien , dès qu'on les a remis à leur place. Le *Temple* & la maifon de Marianne Mancini feront célébres à jamais par les vers de l'Abbé de Chaulieu & par la Société qui les infpiroit : c'étoit un double Lycée, où les Mufes fe jouoient avec les Graces, où l'efprit, aiguillonné par la confiance, étoit toujours défarmé par la délicateffe ; où , malgré le bon ton, regnoit encore cette cordialité , fans laquelle le rire n'eft qu'une grimace inventée pour déguifer l'ennui. C'eft là que l'Ami de la Fare puifoit ces tours heureux, cette aménité, cette fraîcheur de coloris répandue fur tous fes ouvrages. Il eft diffus, incorrect ; mais pénétré de ce qu'il écrit ; qualité précieufe à qui l'on doit le peu de bon vers qu'on lit encore. Peint-il Lifette avec un chapeau de fleurs ? on voit qu'il avoit fouvent confulté fon modele. Il ne parle de fa goutte que comme un Maître dans l'art de jouir, & dès long-temps exercé aux plaifirs qui la précédent. Sa morale même eft toute en fentimens. Chez lui, les idées de la def-

truction n'ont plus rien d'affreux ; il se fa-
miliarise avec elles & n'en avance pas moins
dans les délices de la vie , quoiqu'elles le
rapprochent du terme dont il ose envisa-
ger la perspective. C'est que son Epicurisme
affranchi de la servitude des préjugés , se re-
présente au bout de sa carriere un Dieu bon
qui lui tend les bras , non un Tyran ima-
ginaire , attendant aux bornes de l'existence
un être qu'il a créé foible , pour le punir
de ses foiblesses , & lui faire expier par
une éternité de douleurs des plaisirs d'un
instant.

LORSQUE *Chaulieu* cessa de vivre , on ima-
gina que la Muse des Graces ne seroit plus
occupée qu'à gémir sur son tombeau : M.
de Voltaire nous a fait voir qu'il étoit pos-
sible de la consoler. S'il a moins de chaleur
& de volupté que le Goutteux du Temple ,
il est aussi moins inégal , plus fécond , sur-
tout plus étincelant de cette gaîté françoise
qui s'évapore dans nos cercles , & qu'il a
fixée dans ses écrits. Le style de ces deux
Emules indique les différentes circonstances
où ils se sont trouvés. *Chaulieu* ne vit que
l'aurore de cette Philosophie qui bouleversa
le système moral , amena d'autres rapports
& d'autres combinaisons. De son temps les
esprits étoient plus tranquilles , les ames
plus recueillies , les tableaux plus monoto-
nes.

nes. Son rival parut dans le moment de la révolution. Des travers perfectionnés, des plaisirs rajeunis, une superficie de légéreté répandue sur les chofes les plus folides, des connoissances nouvelles, de nouvelles fottises ; voilà ce qui dût frapper ses premiers regards, lorfque de fon berceau il s'élança dans un monde où il alloit jouer un fi grand rôle. Admis chez la célebre *Ninon de Lenclos*, il puifa dans fon commerce la politesse du Siecle qui expiroit, & la malignité de celui qui commençoit à naître. Il devina les hommes avec lefquels il auroit à vivre & fe faifit de l'arme du ridicule qu'il a maniée depuis avec tant d'avantage & de cruauté. Ses plaifanteries même fuppofent des réflexions profondes fur le cœur humain ; il ne fait rire que pour inviter à penfer. J'ai toujours cru que fes petits Romans, fes Lettres en vers, fes Pieces détachées, & fes Poëmes fatyriques avoient donné l'idée du mot *Perfiflage* qui s'introduit depuis peu, & dont le fens n'eft pas auffi vague que d'abord il le paroît. Le perfiflage eft à mes yeux la décompofition des objets impofans réduits à leur jufte valeur. Lorfqu'il attaque les devoirs de la vie, qu'il fappe les préjugés utiles, & fait rougir la vertu, il devient l'opprobre de celui qui l'emploie ; mais s'il fe borne à fronder les folies du jour, à pulvérifer les

IV. Partie.   B

titres qui décorent des Nains, à montrer à nud la difformité des Sots, à purger la Société de tous les fourbes qui la trompent , & de toutes les chenilles qui l'empoifonnent ; ce n'eft plus alors que le droit de l'homme fenfible, & la vengeance du Philofophe révolté. Le grand malheur de perfifler la Courtifanne, dont la dignite burlefque infulte à la décence publique ; le Fat ignorant qui tranche , décide , colporte des Epigrammes, & ne fçait pas qu'il eft au-deffous même de la Satyre. La femme furannée , qui au défaut des charmes, fe fauve dans la Métaphyfique! le Poëte préfomptueux fe croyant un Sophocle , parce qu'il a lu dans Ariftote les mots de *Péripétie*, de *Protafe* & de *Cataftrophe*! tous ces Etres enfin qui nous inonderoient de leurs ridicules , fans la fermeté courageufe qui les dénonce & les anéantit !

M. de Voltaire s'eft chargé de ce foin dans la plupart de fes Ouvrages fugitifs ; mais on fent bien, lorfqu'il s'exerce dans ce genre , qu'il eft fupérieur au genre même. Heureux s'il n'avoit pas quelquefois porté trop loin un talent dangereux , dont alors le feul dédommagement eft le plaifir d'avoir nui. Jouiffance morne , inquiette , qui repugne à toute ame fenfible , qu'un égoïfme féroce n'a pas encore dénaturée.

M. Greffet a un caractere moins marqué, & parcourt un cercle moins étendu. Ses poéfies, fi l'on en excepte le *Méchant*, refpirent la pareffe, le goût de la folitude & des plaifirs tranquilles. On y voit percer de temps en temps la haine des hommes ; mais c'eft une haine fans âpreté : elle s'éteint bientôt dans cette apathie douce, auffi éloignée du tourment de haïr, que de la fatigue d'aimer. La Littérature aujourd'hui eft une efpece d'arêne où l'on s'entre-déchire pour le brin de laurier qu'on difpute. Après les premiers efforts, le dégoût ne tarde pas à germer dans un cœur honnête, fi des paffions fortes ne le foutiennent, ne l'embrafent, ne le déterminent. Elles feules donnent l'action au talent, renouvellent les idées, mettent l'ame aux prifes avec l'imagination, dévorent l'intervalle qui fépare les travaux & les fuccès : ce font des femences de feu qui courent de veine en veine, fourniffent au génie l'aliment qu'il demande, & ne lui permettent de repos que pour le pouffer à de nouveaux élans. Cette impulfion victorieufe a manqué, je crois, au charmant Auteur de *Verd-verd* ; car je ne puis me convaincre qu'il ait férieufement regardé comme un fcandale public l'heureufe faculté d'orner la Raifon, d'égayer la Morale, d'intimider les méchans, & d'immortalifer un perroquet.

ON perd fans doute beaucoup au filence de cet ingénieux Ecrivain ; mais quelques perfonnes aujourd'hui femblent faites pour nous en dédommager. Le C... de B ... qui dans fon *Epitre aux Graces* a trahi fon commerce avec elles ; le Chevalier de *Boufflers*, l'*Hamilton* de nos jours, ce Duc * Philofophe, dont le nom feul rappelle l'idée d'un talent & d'un efprit héréditaire ; MM. de Voifenon & de S. Lambert ont permis à leur plume ces riens brillans & faciles qui occupoient autrefois les loifirs d'Anacréon ; ils y ont peint leur ame, & le modele répond de la délicateffe du tableau. Je citerois encore un de nos Militaires les plus diftingués par fa naiffance & fon génie, qui, de la même main qu'il traça des plans de campagne, écrit en vers charmans des Epitres pour fes amis & des contes pour fes maîtreffes. Il nous apprend que le goût eft de tous les états, & qu'il habite fous des tentes comme dans nos Académies. Les gens du monde eurent toujours une préférence marquée pour ce genre de productions : c'eft qu'il n'affiche point ; c'eft qu'il échappe à l'envie, & ne choque qu'indirectement les Littérateurs déclarés, gens pour la plupart hériffés d'ombrages & fur le chemin defquéls il ne faut pas fe trouver, quand on s'entête à vivre heureux.

* M. le Duc de N.***.

PARMI les Poëtes aimables que je viens de nommer, je n'ai garde d'oublier l'*Ovide* moderne, cet Epicurien accompli qui pratique l'art de plaire avec autant de succès qu'il a écrit fur l'art d'aimer. La rigueur fcrupuleufe, avec laquelle il renferme fes Ouvrages, eft une forte de pudeur littéraire qui en augmente le charme, & tournera un jour au profit de nos plaifirs. Le jeune Auteur de *Zélis au Bain* eft digne de chanter l'Amour & d'en obtenir le prix de fes Chanfons. Nous avons auffi de M. *Barihe* quelques épitres d'une tournure très-agréable.

EH ! que ne peut-on pénétrer dans les porte-feuilles de ces Sages obfcurs, qui méprifent ce vain bruit qu'on nomme *Réputation*, répandent leur ame paifible fur leurs tablettes ignorées, & n'ont garde de proftituer aux regards publics la mufe folitaire qui les confole ? C'eft là qu'on trouveroit fouvent l'expreffion vraie de la fenfibilité, & ces jeux naturels d'un efprit libre qui n'a que lui pour confident & pour Juge. Je vais tranfcrire une petite Piece que j'ai fauvée de l'oubli où l'Auteur l'avoit condamnée : elle fait voir que le talent fe cache quelquefois, tandis que la médiocrité fe montre, fe prodigue, & nous affiege à force ouverte.

LES SEPT PÉCHÉS MORTELS

A EGLÉ.

QUE je fuis bien efclave du démon !
Et vers le mal que mon ame eft encline !
Je me croyois un Saint, & , quand je m'examine.
Je vois avec componction
Qu'en moi tous les péchés ont déjà pris racine.
Je fuis gourmand, & c'eft un fait certain ;
Je dévore le fruit qu'aura touché ta main,
Je le favoure avec délice.
Je m'accufe auffi d'avarice ;
Un ruban qui fervit à nouer tes cheveux
Eft mon tréfor, je le couve des yeux.
D'un feul regard qu'Églé me favorife ;
Je reffens auffi-tôt un mouvement d'orgueil,
Au-deffus des humains placé par ce coup d'œil,
Je les affronte & les méprife.
Je ne penfe jamais qu'à toi,
De cet unique foin je m'occupe fans ceffe ;
Et , fi je m'y connois, c'eft là de la pareffe.
Le bonheur de ton chien eft envié par moi,
Je fens contre un rival une colere extrême.
En voilà fix bien profcrits par la Loi,
Églé, crois-tu de bonne foi,
Que je fois exempt du feptieme ?

CES vers m'ont paru très-ingénieux, & dignes de groffir la foule de ceux qui enrichiffent déjà notre Langue & notre Littérature.

Ce genre eſt vraîment le ſeul où juſqu'ici nous n'ayons point à craindre de rivaux : il convient à cette effervefcence paſ-
ſagere de l'Efprit National , à cette gaîté
ſuperficielle qui n'échauffe point un long
ouvrage , & prête tant de graces à nos
productions du moment. Je dirai plus , avec
toutes les difpofitions naturelles pour cette
ſorte de Poéſie , il faut encore , ſi l'on y
veut être ſupérieur , refpirer l'air de la Capitale. Ici , le ſuccès dépend du ſol , ce n'eſt
qu'à Paris qu'on a pu écrire les *Tu* & les
Vous , le *Mondain* , les vers au Préſident
Hénault , à Madame *de Fontaine Martel* , &
au Maréchal *de Richelieu*. On y eſt à la ſource
des ridicules : c'eſt là que vous avez ſous
les yeux la liſte des Sots parvenus , des Femmes vacantes , des Amans en pied , ou des
Surnuméraires. On s'y met au fait des Anec-
dotes , de l'Hiſtoire des ſoupers , des brouil-
leries , des noirceurs , de mille nuances
charmantes qu'on ne devine point , dès
qu'on s'en éloigne. Rien n'eſt fixe , tout
échappe , revient , difparoît. Le tourbillon
roule , il faut être au courant , & pourſuivre,
les pinceaux à la main , ces modeles fugitifs
qui ne laiſſent pas même au Peintre le
temps de les efquiſſer. C'eſt au milieu de
ce flux & reflux que l'Efprit ſermente , que
l'imagination s'allume & enfante les tableaux rapides qui immortaliſeront notre

frivolité. Paris, en un mot, est le séjour par excellence, si l'on veut être martyr de l'Amour, dupe de l'Amitié, voir des horreurs sous un vernis d'élégance, connoître à fond l'étiquette, acquérir le bon ton, renoncer au bonheur & faire de jolis vers.

AVERTISSEMENT.

QUELQUES-UNES des Pieces qui composent ce Recueil ont couru manuscrites, la plupart défigurées & pleines d'incorrections. C'est ce qui m'a engagé à les recueillir ; le Public au moins les aura telles que je les ai faites ; fautes pour fautes, j'aime encore mieux les miennes que celles des autres. J'ai choisi dans mon porte-feuille ce que j'ai trouvé de moins foible pour ajouter à ce qui est déjà connu, & donner à cette Collection une forme d'Ouvrage. Si je me suis quelquefois égayé sur les ridicules, je ne crois pas que mon imagination m'ait jamais emporté plus loin. L'Epitre à M. Rousseau ne tombe que sur la fin-

gularité de ſes ſyſtêmes ; je ſuis
le ſincere admirateur de ſon éloquence & des beautés ſublimes dont
étincellent toutes ſes productions.
Le Quatrain ſuivant renferme à
peu-près l'eſprit dans lequel ont été
faites les Pieces qu'on va lire.

CE PAUVRE GLOBE EST BALOTTÉ
ENTRE L'AMOUR ET LA FOLIE;
SENTIR L'UN EST MA VOLUPTÉ,
RIRE AVEC L'AUTRE EST MON GÉNIE.

EPITRES.

A DORIS.

Tu me défens les vers ; tu dois être obéie ;
Tu peux tout fur mon cœur, va, jouis de tes droits :
Doris, tu l'as voulu ; ta voix, ta voix chérie
Me donne des plaifirs, en me donnant des loix.
     Aimable & brillante folie,
Charme de la cadence, ah ! fuyez pour toujours.
  C'eft à Doris que je vous facrifie ;
  Doris fans vous embellira mes jours.
Non, le caprice feul n'eft pas ce qui t'infpire ;
Ton efprit, je le fçais, par les Graces formé,
Admira de tout temps les Maîtres de la lyre ;
Du feu dont ils brûloient ton cœur eft animé :
'Tu les égalerois, fi tu daignois écrire.
Que de fois je t'ai vue, un Racine à la main,
Des orages du cœur dévorer la peinture,
Des malheureux Amans déplorer le deftin,
Et dans les jeux de l'art adorer la Nature,
Tandis qu'interrompant cette heureufe impofture ;
Je recueillois les pleurs qui tomboient fur ton fein !
Mais tu craignois pour moi des excès que j'ignore ;
  Cet abus de l'efprit, ce qu'il traîne après foi ;

Cette gloire qui deshonore ,
Et qui pourroit troubler des jours heureux par toi?
Je te vois... je t'entends me répéter encore :
» Renonce au vain éclat des lauriers orgueilleux ;
» Viens cueillir avec moi les doux préfens de Flore :
» Flore aime les Amans; les fleurs naiffent pour eux.
» Veux-tu toujours actif & toujours inutile,
» Vanter , fans en jouir , la fraîcheur d'un beau jour ?
» Veiller , te confumer dans un travail ftérile ?
» Ah ! fi tu veux veiller , que ce foit pour l'Amour.
» La palme du talent a fans doute des charmes ;
» Il eft beau de pouvoir , par l'honneur excité ,
» Commander fur la Scene ou les ris ou les larmes ,
» D'émouvoir , d'attendrir , de plaire à la beauté :
» Mais voi de quels tourmens ce prix eft acheté.
   » Si ton fiecle un jour te couronne ,
» Quel fera le dépit de tes obfcurs rivaux ?
» Eft-il quelque fuccès que leur fiel n'empoifonne ?
» Ils voudront t'arracher le prix de tes travaux :
   » Tu defcendras avec eux dans l'arêne ;
   » Pour te défendre , il faudra t'avilir ;
   » Tu te verras forcé de les haïr ;
Et l'on n'eft plus heureux , dès qu'on connoît la haine.
   Non , s'ils m'avoient infpiré leurs fureurs ,
J'aurois volé vers toi , j'aurois vu ton fourire ;
Et , cherchant dans ton fein l'oubli de mes douleurs ,
Je m'y ferois fauvé des traits de la fatyre :
Quel afyle plus doux pour braver les Cenfeurs !
Mais du Public pour moi fi tu crains l'œil févere ,
Ne peut-on échapper à fa malignité ?
Les plus beaux jours font ceux que l'on cache au
     vulgaire.
Le Dieu des vers fouvent aime l'obfcurité :
Je cacherois les miens dans l'ombre du myftere :
Doris me tiendroit lieu de la poftérité.
La Terre a déployé fes tapis de verdure :

Sur l'aîle des Zéphirs le Printemps eſt porté ;
Tout renaît , tout s'anime , & la fécondité
Pénétre avec l'Amour le ſein de la Nature.
Je céde aux doux tranſports dont je ſuis agité.
  Si tu voulois , ma voix touchante
Aux concerts des oiſeaux mêleroit ſes accens :
 Je chanterois ta beauté raviſſante ,
 Je chanterois Doris ou le Printemps.
Je peindrois ces boſquets que décore la roſe ,
Dédales parfumés , où , par mille détours ,
Les Amans égarés ſe retrouvent toujours ;
Le plaiſir qui s'éveille & même qui repoſe ,
Le ſombre azur des nuits & l'éclat des beaux jours.
Je peindrois ces inſtans , où , ranimant ta flamme ,
Sur tes levres de feu j'ai reſpiré ton ame ,
Ce tumulte , ce choc des eſprits & des ſens ,
Tantôt impétueux & tantôt languiſſans.
Dans ce recueillement , cette paiſible ivreſſe ,
Où l'ame s'interroge & commence à jouir ,
Délicieux moment où s'endort le deſir ,
  Dans cette extaſe enchantereſſe ,
J'oſerois célébrer le bonheur de ſentir.
Pourrois-tu rejetter un auſſi pur hommage ,
Et m'envier le droit de parler de nos feux ?
La volupté ſéduit , même dans ſon image :
 Mais j'obéis , ſi tu le veux :
Va ; mon plus beau triomphe eſt de te ſatisfaire ;
 Quand tu m'ordonnes de te plaire ,
 Tu me condamnes d'être heureux.

A LA BARONNE DE ✳✳✳

ENFIN, te voilà de retour
Dans ce païs de fous aimables,
Chez ces Français recommandables
Par le caprice & par l'amour;
Peuple charmant qui déifie
Tout ce qui vient pour l'embellir;
Qui, fage avec étourderie
Suit toujours l'attrait du defir,
Et depuis deux fiecles s'ennuie,
En courant après le plaifir.
Des travers & des ridicules
Tu va voir le tableau mouvant;
Cent jolis riens, peu de fcrupules;
Des ardeurs qu'emporte le vent;
De jeunes Seigneurs bien volages,
Bien aimables, bien infolens;
Et des bouffons, foi-difant fages;
Et des Héros, de temps en temps.
Qu'aurois-tu fait dans ta Hollande,
Où l'on ignore le bon ton,
Et d'où nous viennent, me dit-on,
Les vapeurs & la contrebande?
On n'y voit que de gros Marchands,
Entêtés de leurs pâturages,
Des Nymphes preffant leurs laitages,
Et des animaux calculans,
Qui, fur les bords d'un onde pure,
Semés de bofquets enchanteurs,
Promenant leur lourde ftructure,
Viennent enfumer la verdure,

Et fouiller le parfum des fleurs ;
Qui jamais des tendres careffes
Ne reffentant l'aimable feu ,
Préférent Barême à Chaulieu ,
Et leurs pipes à leurs Maîtreffes.

ET les amours dans ce climat.
Ont-ils les manieres plus douces ?
Ce font des efpeces de Mouffes
Toujours pendus à quelque mât ,
Des Navigateurs intrépides ,
Ronflant , jurant fur des vaiffeaux ,
Ou qui nagent entre deux eaux ,
Pour faire peur aux Néréïdes.
Que dire , hélas ! d'un tel païs ,
Et des habitans qu'il raffemble ?
Il faut y loger , ce me femble ,
Nos Matelots & nos Maris.
Parmi nous fixe ton empire.
Nous feuls pouvons fentir le prix
De ces traits fi bien affortis
Pour intéreffer , pour féduire ;
De ta bouche aux vives couleurs
Où la volupté femble éclore ,
Où badine l'Amant de Flore ,
Qui croit voltiger fur des fleurs ;
De cette belle chevelure
Qui fe joue en mille replis ,
Et , fans fe charger de rubis ,
Eft elle-même une parure ;
De ces innombrables attraits
Que l'Amour feul pourroit décrire ,
Et que fans doute il n'a point faits
Pour l'œil d'un Bourguemeftre épais
Qui ne fçait pas comme on foupire ,
Et qui ne l'apprendra jamais.
ICI la Beauté fouveraine

Nous fait des plaisirs de ses loix ;
Et nous encensons notre Reine,
Pour la mieux tromper quelquefois :
Elle en impose au plus volage ;
Le plus téméraire la craint ,
Et les Dieux mêmes qu'elle peint
Sont oubliés pour leur image.
Quels myrthes frais tu vas cueillir !
Ils se plaisent sur nos rivages.
Que nous allons t'offrir d'hommages !
Que nos Femmes vont te haïr !
Il faut t'attendre à leurs cabales,
A leurs justes ressentimens :
Elles aiment peu leurs Amans,
Mais détestent bien leurs Rivales,
Tu n'auras plus que de beaux jours,
Malgré leur jalouse colere :
Devant toi marcheront toujours
Le grand étendard de Cithere
Et la phalange des Amours.
Pour ton époux , je le révere :
Mais qu'il reste où le sort l'a mis ;
Et qu'il pleure dans son Païs
Les péchés qu'ici tu fais faire.

A. M. HUME.

JUSQU'ICI ma muse volage ,
Sur un luth couronné de fleurs ,
A chanté les tendres erreurs ,
Et le délire du bel âge ;
Le doux manege des rigueurs ;
L'Amour qui se plaît dans l'orage
Et craint le calme des faveurs :

J'épure aujourd'hui mon hommage.
Corine, va tromper ailleurs,
Je m'entretiens avec un Sage.
Que dis-je ? pourquoi te chasser
Ne crains point qu'il veuille t'instruire.
Tu lui permettras de penser,
Il te permettra de sourire.
Mon Philosophe aura pitié
De ta naïve extravagance,
De ton babil si varié,
De tes jeux, de ton inconstance,
De tes défauts que je chéris
Et de ton aimable ignorance
Qui m'en a déjà tant appris.
Je le vois ; Corine t'ennuie ;
Hume ; il te faut un autre ton....,
Eh bien ! parlons de ma Patrie.
Que dis-tu de ce tourbillon,
De ce séjour de la Féerie,
Où le plaisir déïfié
Sous cent formes se multiplie ;
Où l'on voit la Raison à pié
Suivre le char de la Folie.
Toi, qui d'un sévere burin
As, dans tes archives sublimes,
Arbitre juste & souverain,
Gravé les vertus & les crimes ;
Qui, de l'homme pesant les droits,
Les défendit avec courage,
Et dans le cabinet des Rois
Fis pénétrer l'esprit d'un Sage ;
Toi, chez qui la Religion,
Sans cruauté, sans imposture,
Est l'organe de la Nature,
Non l'opprobre de la Raison :
De ce sommet philosophique,

D'où ton œil mesure les Cieux ,
Et des Etres unis entr'eux
Suit la chaîne méthaphysique ,
Peux-tu bien descendre à nos jeux ,
T'emprisonner dans nos usages ,
Supporter nos Diseurs de mots ,
Qui vont citant à tous propos
Les Jean-Jacques , les Diderots ,
Et qui n'ont point lu leurs ouvrages ?
Etre oisivement occupé ;
Courir , assiéger les toilettes
Partager l'honneur d'un soupé
Avec un Chanteur d'Ariettes ,
A tout moment t'extasier ,
Malgré toi prodiguer l'éloge ,
Et t'enfermer dans une loge ,
Pour applaudir au Serrurier ? *
Mais l'œil de la Philosophie
Par-tout découvre des secrets :
Il n'est point de petits objets
Pour qui les voit avec génie.
A tout examiner de près ,
Est-on moins fou dans ta Patrie
J'aime assez votre activité ,
Votre apparente indépendance ,
Ce phantôme de liberté
Que par habitude on encense ,
Et qu'on défend par vanité.
J'aime ce spectacle bizarre
Que vous devez à Shakespir ,
Vos Spectres , votre tintamarre,
Dont l'horreur se change en plaisir ;
Ces drames bouffons & sublimes ,
Où sont entassés tous les crimes ,

* *Opéra bouffon.*

Où l'on rit & pleure à son choix,
Où l'Auteur s'éleve & s'abaisse,
Et qui finissent quelquefois
Par le viol de la Princesse.
Mais ces combats impertinens,
Et cette joûte singuliere,
Où deux coqs, nobles concurrens,
Devant la Nation entiere
Tiennent cent Milords en suspens;
Pardonnez, Pairs de l'Angleterre,
Si l'on en rit à vos dépens.
Je vous admire & je vous aime,
Quand vous ornez d'un diadême
Le front auguste des talens;
Quand d'Olfieldt la cendre chérie,
Que n'osent point troubler les loix,
Figure dans une Abbaïe
Auprès de la cendre des Rois:
Mais ne prétendez plus nous plaire,
Quand vous dressez des échaffauds;
Quand votre sanglant Ministere
Du glaive ose armer les bourreaux;
Ou, persécutant des héros
Aussi fideles que les nôtres,
Fusille un de vos Amiraux,
Afin d'encourager les autres:
Pour moi, j'adore mon Païs,
Et ses modes & ses caprices,
Ses travers toujours rajeunis.
Nos Ninons valent vos Clarisses:
Vos Lords valent-ils nos Marquis?
Pour nous l'indulgente Nature
Semble prodiguer ses bienfaits;
Et du fond de nos cabinets,
Nous cultivons l'Agriculture.
La brillante frivolité

Sous mille aspects roule & circule :
Weisse fumige la beauté,
Gatti l'amuse & l'inocule.
Nos Femmes expliquent Neuton,
Et quittent, pleines d'un beau zele,
Misapouf & tant mieux pour elle,
Pour Bolinbroke & pour Bâcon.
Nous aimons vos graves chimeres
Et vos jeux tristement sensés.
Nous ornons ce que vous pensez ;
Nous sçavons, de nos mains légeres
Polir vos goûts & vos talens ;
Vous avez quelques diamans,
Mais vous manquez de Lapidaires.
Ce négligé qui nous déplaît,
Nous l'égaïons par la parure ;
Et notre France est le creuset
Où l'or de l'Europe s'épure.
Que dis-je ? Dans les Arts brillans,
Nos succès surpassent les vôtres :
Vos théatres si florissans
Égalent-ils l'éclat des nôtres ?
Laissant bien loin tous ses Rivaux,
C'est là que l'aîné des Corneilles
Déposa le fruit de ses veilles,
Et vit encor dans ses héros :
C'est-la que Racine plus tendre,
Peintre des Amans malheureux,
Soupira ces vers amoureux
Qu'on ne se lasse point d'entendre.
Eh ! que pouvez-vous comparer *
A notre moderne Bathile,
Que Garrick même ose admirer ;
Qui par son jeu toujours facile,

* Préville.

Toujours plaifant & varié ,
Parviendroit à fondre la bile
Du Quaker le plus ennuyé ?
Penfeurs profonds que je révere ,
Qu'oppoferez-vous aux talens
De cet univerfel Voltaire ,
Qui nous confole , nous éclaire ,
Et dont la Mufe en cheveux blancs ,
Eft auffi vive , auffi légere ,
Qu'elle parut dans fon printemps ?
    DANS l'art de la galanterie
Nous excellons affurément ;
Et , pour foupirer décemment ,
Il faut venir dans ma Patrie.
Entrez dans ce fombre boudoir ,
Et contemplez-en la Déeffe ;
Tous ces charmes qu'avec adreffe
Ce demi-jour laiffe entrevoir.
Combien fa parure eft légere !
Son fein de quelques fleurs orné ,
Et par cent rubans enchaîné ,
Va rompre la frêle barriere
Qui le retient emprifonné.
Le criftal uni de ces glaces ,
Doublant le jeu de fes appas ,
Par-tout lui répéte fes graces ,
Et reproduit votre embarras.
Il fuffit pour la fatisfaire ;
Ne prétendez point l'occuper.
L'Enchantereffe a fçu vous plaire ,
Et va fonger à vous tromper...
Allons , Millords , prenez courage;
Un peu de caprice a fon prix.
Vous feriez moins heureux , je gage ,
Dans les bras de vos Milédis.
Duffiez-vous ici vous morfondre ,

Ma foi , les rigueurs de Paris
Valent bien les faveurs de Londre.
HUME , souris à mes chansons ,
Enfans légers de mon délire ;
Ma main , parcourant tous les tons ,
Aime à s'égarer sur la lyre.
J'oubliois , pour déraisonner ,
Le Philosophe respectable ;
Et ne voyois que l'homme aimable
Qui voudra bien me pardonner.

A M· HELVETIUS

Pendant son séjour à Berlin.

TON aimable Philosophie
Fait briller ses raïons sur moi :
Je m'arrache à ma léthargie ,
Et je vais revivre pour toi.
Ainsi le paresseux reptile ,
Dans son obscur & froid asyle
Par les feux du jour ranimé ,
Étale cent couleurs nouvelles ,
Et , fier de l'azur de ses aîles ,
Sort du tombeau qu'il s'est formé.
HEUREUX Mortel , que je t'envie
D'habiter ces bords florissans ,
Où ce n'est point à ses dépens
Qu'on fait éclater son génie ;
Où l'on ne craint point la furie
De cent subalternes Tirans ,
Épouvantails de ma Patrie !
Tu le vois , le connois enfin ,

Ce Roi , dont la main protectrice
Des Arts protége le destin ,
Ce Roi qui se leve matin
Et va commander l'exercice
A tous les Houzards de Berlin :
Qui dans la paix ou dans la guerre ,
Sait acquérir , sait conserver ,
Et par l'esprit peut achever
Ce que le sabre n'a pu faire.

MAIS qu'il s'applaudisse à son tour
De posséder un cœur qui l'aime ,
De pouvoir fixer dans sa Cour ,
Un Sage que minerve même
Voulut disputer à l'Amour ;
Qui d'une main habile & sûre
Sonde nos plus secrets penchans ,
Et montre à l'esprit qu'il épure
La nudité de la Nature
Qu'on gâte à force d'ornemens ;
Enfin ce Mortel vrai , sensible ,
Dont l'œil de pleurs est humecté ,
Quand il voit le spectacle horrible
D'un malheureux persécuté ;
Qui jaloux d'ennoblir son être ,
Veut , non content de la connoître ,
Servir encor l'humanité ;
Ne se borne point à l'usage
D'une oisive & froide raison ,
Et sent qu'une belle action
Vaut mieux que le plus bel ouvrage.

POTZDAM , délicieux réduit ,
C'est sous votre paisible ombrage ,
Que la Nature s'embellit.
Pour un Monarque & pour un Sage.
Au sein d'un auguste repos ,
C'est-là que Frédéric respire ;

Et qu'après ces brillans travaux
Qu'exigent les soins d'une Empire,
L'homme remplace le Héros :
Là, sans ivresse & sans délire,
Des souverains pésant les droits,
Lycurgue vient créer des loix ;
Amphion vient toucher la lyre.

Avec les Maîtres des humains,
Moi, j'aimerois assez à vivre
Dans le moment qui les délivre
Du Sceptre qui charge leur mains ;
Les beaux-esprits, je les révere
Quand ils sont doux & bienfaisans,
Et lorsque chez eux l'art de plaire
Prête un nouveau charme aux talens ;
Mais aux beaux-esprits redoutables,
A nuire consumant leurs jours ;
Mais aux Rois qui le sont toujours,
Il est cent Mortels préférables ;
Témoins ces paresseux aimables,
Qui, sans talens & sans grandeurs,
Ont, avec les plus douces mœurs,
Des estomachs infatiguables ;
Enivrent jusqu'à leurs censeurs,
De l'amitié sentent les charmes,
Et, sachant vivre sans allarmes,
Mourroient fort bien sans Confesseurs.

Que dis-je ? Plaignons le courage
De ces pécheurs trop endurcis :
Te parlerai-je de Paris ?
Qu'a-t-il de nouveau pour un Sage ?
Il est tel que tu l'as laissé,
Aujourd'hui fou, demain sensé,
Et s'ennuyant selon l'usage.
On y voit des Sots rengorgés,
Des Bégueules très-agréables,

Et des Enfans fans préjugé s ;
De grands Seigneurs bien dérangés
Se donnant les airs d'être affables ;
Des Protecteurs impitoïables,
Qui vont quêtant des Protégés.
Profondément on déraisonne ;
On siffle, on prône tour-à-tour :
On s'idolâtre fans amour :
Le François se perfectionne,
Et se corrompt de jour en jour.
  CE tourbillon & cette ivreffe,
Ce tableau mouvant m'intéreffe ;
Et lorfque j'ai bien épuifé
Ce long reflux de bagatelles,
Je revois mes tilleuls fideles,
Et je me crois défabufé.
C'eft dans ce champêtre hermitage ;
C'eft dans ce paifible jardin
Que la Nature au front ferein
Venant m'inviter à l'ouvrage,
Me met l'arrofoir à la main.
Là, je vois l'amitié fourire
A mes projets, à mes travaux :
Lorfque l'ame eft dans le repos,
C'eft l'amitié qu'elle defire :
Il eft auffi des jours heureux,
Des jours d'allégreffe & de fête,
Où Zelmis choifit dans ces lieux
La fleur qui doit parer fa tête.
Quel enjoûment ! quelle candeur !
Dieux ! que Zelmis eft fraîche & belle !
Ah ! fi l'aimer eft un bonheur,
Quel bonheur d'être aimé par elle !...
  MAIS où m'emportent malgré moi,
Zelmis, l'Amour & mon ivreffe ?
Tu te pafferas bien, je croi,
De l'éloge de ma maîtreffe.
  IV. Partie.   C

A M· DE VOLTAIRE,

SUR la complaisance qu'il a d'écrire à tout le monde.

TU nous mis l'histoire en tableaux,
La morale en contes pour rire.
Tu fis expirer quelques Sots,
Sous les verges de la satyre,
Et sous le tranchant des bons mots.
Tes drames ont charmé la France ;
De la scene ils font l'ornement :
Ils manquent un peu d'ordonnance :
Mais, toujours pleins de sentiment,
De pathétique & d'éloquence,
On les attaque vainement ;
Ils ont nos larmes pour défense.
Pour t'égayer dans tes ennuis,
Tu poursuivis, sans conséquence,
Et la Beaumelle & Maupertuis :
Je les mets sur ta conscience.
Ton cœur, dit-on, fut entiché
D'un tant soit peu de vaine gloire :
Je n'ai pas de peine à le croire ;
Et ce n'est pas un grand péché.
  AUJOURD'HUI, vainqueur de l'envie,
A ton siecle donnant le ton :
Tu tiens le sceptre du génie,
Et le flambeau de la Raison.
Volage amant de la sagesse,
Dont tu ressuscitas les droits,
Tu reprends encor quelquefois
Tous les hochets de ta jeunesse ;

Par toi , par ton heureuse adresse ,
Le Pactole plus illustré
Vient rouler son or égaré
Parmi les ondes du Permesse.
Les amans t'adressent leurs vœux ,
Ils accourent dans ton asyle ,
Tu dotes la beauté nubile ,
N'en pouvant rien faire de mieux :
Ta plume est le fléau du vice :
Avec courage elle a vengé
L'honneur d'un vieillard égorgé
Par le glaive de la Justice.
Tu consoles l'humanité
Qu'on afflige , qu'on deshonore ;
Et quand le sage est tourmenté ,
Voltaire est l'appui qu'il implore.
Enfin , dans toi sont réunis
Le Philosophe qui disserte
Sans jamais effrayer les ris ;
Et l'Auteur qui tient table ouverte ,
Fait peu commun aux beaux-Esprits.
  MAIS , dis-moi , par quelle indulgence ,
Ou bien par quels motifs secrets ,
Soutiens-tu la correspondance
De ces innombrables roquets ,
Qui fatiguent ta patience
Par leurs petits vers indiscrets ,
Et dont l'Apollon à grand frais ,
T'ennuie avec persévérance ,
Quoique flatteur avec excès ?
Rien , à mon gré , n'est si risible ,
Que leur air , leurs tons empesés ,
Et leur mérite imperceptible ,
Dont tu les as seul avisés.
Si leur siecle les contrarie ,
Tout est perdu , goût , équité :

Ils font , plaignant la barbarie
Appel à la poftérité.
Ta miſſive , qu'ils ont en poche ,
Leur ſert de lunette d'approche ,
Pour lorgner l'immortalité.

BARDUS paroît , & pour ſtupide
D'une voix il eſt proclamé ;
Mais Bardus nous montre l'égide
Dont par toi-même il fut armé ;
Contre nos traits il ſe raſſure ,
Liſant l'écrit conſolateur
Où le fat , par ta ſignature
Eſt déſigné ton ſucceſſeur.

TA louange , bien diſpenſée ,
Doit , pour échapper aux railleurs ,
Etre ſemblable à la roſée
Qui féconde le ſein des fleurs ;
Non à cette pluie abondante
Qu'un ſombre nuage produit ,
Et qui courbant la jeune plante
Souvent la noie & la détruit.

TOUJOURS jaloux de renommée ,
Car c'eſt le vice des grands cœurs ,
Peut-être contre tes cenſeurs
Prétends-tu lever une armée ,
Et t'y foudoyer des prôneurs ?
Mais crains du moins leur mal-adreſſe ;
Ils ſont d'un gauche à t'effrayer :
Toujours prompts à t'extaſier
Ils te nuiſent par leur ivreſſe ;
Croirois-tu bien qu'on les entend ,
Oubliant tout ce qui t'honore ,
Louer ta Prude obſtinément ,
Et vanter intrépidement
Samſon , tes Odes & Pandore ?

DANS ton Commentaire charmant,

Depuis qu'il t'a pris fantaifie
De perfifler fi leftement
Le grand Peintre de Cornélie,
Qui, fublime tout bonnement,
Ne fçut perfifler de fa vie;
Ne voilà-t-il pas tous nos Sots
Qui vont étayant ton fyftéme,
Et font de ton nouveau blafphême
Les infatiguables échos ?
Que ces bouffons, ces froids copiftes,
Ces mirmidons religieux,
Soient tes martyrs, fi tu le veux,
Mais non pas tes panégyriftes.
   CONVERSE avec les Diderots,
Les Dalembert & les Duclos.
Du haut des fpheres qu'il mefure,
Buffon brigue ton entretien :
Le confident de la Nature
A mérité d'être le tien.
Las de te perdre dans les nues,
Ris avec ce folâtre Abbé,
Dont les peintures ingénues
Nous ont offert les graces nues
Dans maint roman très-prohibé :
Du jour apprends l'hiftoriette
Par ce fou volage & charmant,
Qui va de toilette en toilette
Décréditer le fentiment,
Comme contraire à l'étiquette,
Et qui, daignant éparpiller
Les tréfors de fon porte-feuille,
De chaque fleurette qu'il cueille
Voit fortir un nouveau laurier.
Mais, par tes billets circulaires,
N'enhardis plus l'effain bruyant
De ces infectes éphémeres,

Qui vont afliéger ton couchant.
Ainfi , dans les plaines de Flore,
Sur le déclin des jours brûlans ,
L'œil furpris voit foudain éclore
Tous ces moucherons bourdonnans
Qui de l'aurore qui doit fuivre
Ne reverront pas le reveil ,
Et viennent fe hâter de vivre
Aux derniers rayons du foleil.

ADIEU ; de ce vain badinage
Ne va point te formalifer :
Un Fou peut-il blefler un fage ,
En ne voulant que l'amufer ?
Ne cherche pas qui je puis être ,
Je donne un confeil à mon maître ,
Dont j'idolâtre les talens.
Sous le voile qui m'enveloppe ,
J'ofai rire quelques inftans ;
Et je vais pleurer à Mérope.

A M. DE PEZAI

voyageant.

Ou te promene ton deftin,
Et quand finiffent tes voyages ?
Qu'as-tu vu ? Des fous & des fages ;
Moitié plaifir , moitié chagrin ;
Nombre d'impertinens ufages ,
Gravés fur le marbre & l'airain ;
Et des fceptres & des couronnes ,
Hochets que la mort vient brifer ;
Des Rois qui bâillent fur leurs trônes ,
Et peuvent tout , hors s'amufer ;
Quelques vertus , mille foibleffes ,
Des fots , des dupes , des tyrans ,
Et par-tout d'ennuieux amans ,
Qui fe plaignent de leurs maîtreffes.
C'eft bien la peine de courir.
Tel eft pourtant cet affemblage
D'êtres qui naiffent pour mourir,
Et que Dieu fit à fon image.
Que penfes-tu de ces beaux lieux ,
Où ce Calvin ingénieux
Vit profpérer fon héréfie ;
De ce féjour de l'induftrie ,
Berceau d'un Cynique fameux ,
Savourant loin de fa patrie
Le plaifir d'être malheureux ,
Et le tout par philofophie ?
Quel eft ce Mont-Jura vanté ,
D'où l'œil , fous un ciel qui s'épure ,

Aime à contempler la Nature
Souriant avec majefté ;
D'où l'on voit la magnificence
Du Dieu qui mûrit les moiffons ;
Le cercle éternel des faifons ;
Et les gerbes de l'abondance
S'accumuler dans les vallons ?
Ce mont , inacceffible aux vices,
Et voifin des hauteurs des Cieux ,
Ne femble-t-il pas orgueilleux
De dominer fur les Délices ?
Mais de quoi vais-je te parler ?
Le Peintre adoré de Zaïre
A quitté ce paifible empire :
C'eft à Ferney qu'il faut voler.
A Médine en pélerinage ,
On va religieufement
Y vifiter le monument
D'un Impofteur foi-difant Sage ,
Qui mériteroit nos mépris ,
Malgré la Secte qui lui refte,
N'étoient les Vierges bleu-célefte ,
Dont il meubla fon paradis.
Or , ce Mahomet qu'on révere,
Et de qui la cendre eft fi fiere,
D'occuper dans l'air un tombeau ,
Qu'eft-ce auprès de notre Voltaire ,
Riche Seigneur d'un bon château ?
L'un content d'être formidable ,
Fut un charlatan fans gaîté :
L'autre eft un Enchanteur aimable ,
Qui du fard brillant de la fable
Enlumina la vérité ;
A notre foiblesse inquiette
Montre toujours les cieux ouverts ;
Et ne fe fert de fa baguette

Que pour embellir l'Univers ;
Il obtint la palme immortelle
Que l'autre ravit en tyran ;
Et , duffé-je offenfer le zele
De quelque entêté Mufulman ,
Le paradis de l'alcoran
Vaut-il l'enfer de la Pucelle ?

A M***.

DE ton agrefte folitude
Je vais donc quitter le repos.
Adieux ces tranquilles berceaux ,
Où je confacrois à l'étude
Des jours plus fereins & plus beaux :
Adieu cet inculte hermitage ,
Coupé de limpides canaux ,
Où la nature un peu fauvage
Sort d'une forêt de rofeaux ,
Pour fourire aux vertus d'un Sage.
Je ne verrai plus fur les eaux
Se jouer tes cignes fideles ,
Mêlant l'albâtre de leurs aîles
Au verd naiffant des arbriffeaux.
Je n'entendrai plus les marteaux ,
Dans tes forges retentiffantes
Frappant des coups toujours égaux ,
Soumettre aux flammes jailliffantes
Le plus indompté des métaux.
Laffé des champêtres tableaux ,
J'errois fous la voûte obfcurcie ,
Où Vulcain , d'une main noircie
Lui-même attife tes fourneaux.

C 5

Souvent j'y devançois l'aurore ;
Eh ! peut-on voir avec ennui
Un feu pétillant & fonore
Chercher , dans le fer qu'il dévore ,
Un aliment digne de lui ?
Du métal vaincre la rudeffe ,
A cent formes l'affujettir ,
D'un fil lui donner la foupleffe
Ou le forcer de s'arrondir ?
Ah ! que dans nos plaines fertiles
Par lui nos focs foient façonnés !
Qu'il fe courbe en ferpes utiles
Par qui nos grains font moiffonnés !
Que pour le Dieu de la tendreffe ,
Il forge les heureux verroux
Qui garantiffent des jaloux
L'amant & fa jeune maîtreffe !
Mais qu'il ne compofe jamais
Les gonds , les barreaux deteftables
De tous ces cloîtres formidables ,
Où la beauté , dans les regrets ,
Maudit enfin ces vœux coupables
Qui nous dérobent fes attraits !
Qu'il n'arme point la barbarie
De ces cohortes de brigands
Qui courent prodiguer leur vie ,
Pour défennuyer leurs tyrans !
Sous la hache du defpotifme
Ne tranche point notre deftin,
Et n'aille pas de fang humain
Baigner l'autel du fanatifme !
    O mon ami ! tels font mes vœux.
Toi, demeure dans ces afyles,
Où, fimple , obfcur & vertueux ,
Tu ris du fafte de nos villes
En voiant la pompe des Cieux.

Près de ta respectable mere,
Tu mets à profit tes beaux jours
Et j'ai vu leur paisible cours
S'embellir du soin de lui plaire.
La raison réglant tes desirs
Sous la zone de la jeunesse,
Enchaîne, aux pieds de la vieillesse,
Tes passions & tes plaisirs.
Tu peux, sans redouter le blâme,
Rendre compte de tes momens :
La nature enrichit ton ame
De ce qu'elle enleve à tes sens.

POUR moi, je ne sçais quelle ivresse,
Emporte & promene mon cœur,
C'est en regrettant la sagesse,
Que je cours embrasser l'erreur.
Oui ; déja tout mon sang bouillonne :
Les trésors parfumés des champs,
De Cérès les nouveaux présens,
L'amitié même, hélas ! pardonne,
Rien ne maîtrise les élans
D'un cœur trompé qui s'abandonne
A la foule de ses penchans.
Fatigué du jour qui m'éclaire,
Je vais, dans mon aveuglement,
Errer de chimere en chimere,
Offrir un culte involontaire
Aux illusions du moment ;
Acheter par de longues peines,
Une étincelle de bonheur,
Crier liberté dans les chaînes,
Et rire au sein de la douleur ;
Dans une pénible molesse
Consumer chaque triste jour,
Et sur-tout livrer ma foiblesse
A tous les rêves de l'amour.

Ah ! fans lui, qui pourroit nous plaire ?
Sans cet heureux enchantement,
Que refteroit-il à la terre ?
L'ennui de vivre & le néant.

Tu vois trop quel eft mon délire ;
Ami, je ne puis le cacher ;
L'amour lui feul peut m'attacher ;
C'eft fa flamme que je refpire.
Ce fexe, orné de mille attraits
Que fon adreffe multiplie,
Nous tient enchaînés à la vie
Par d'imperceptibles filets,
Dans fes défauts trouve fes armes,
Nous plaît en nous tyrannifant,
Et n'eft jamais fi féduifant,
Qu'alors qu'il fait couler nos larmes.
Toujours abfous par nos defirs,
Il a tout, puifqu'il a les charmes,
Et qu'il difpenfe les plaifirs.

Que dis-je ? une fougue imprudente
Sans doute égare mes efprits :
La jeuneffe toujours ardente
A ce bonheur met trop de prix.
Ils viendront ces jours de lumiere,
Où la fcene change à nos yeux,
Où l'homme, en foupirant, s'éclaire
Sur les vrais moyens d'être heureux.
Alors, battu par les orages,
Digne du moins de ta pitié,
J'irai, fuyant d'autres naufrages,
Chercher un port dans l'amitié.
Sous la plus épaiffe verdure
Du bofquet le plus retiré,
Je pourrai, loin de l'impofture,
Repofer mon œil épuré
Sur les tableaux de la Nature.

Alors , il faudra vous quitter ,
Douces erreurs de notre aurore....,
Mais nous en parlerons encore ,
Ne pouvant plus en profiter.

A L'AUTEUR

DES GRACES.

Oui, la véritable féerie
N'est que le charme des talens.
Saint-Foix , ton aimable génie
Est le dieu des enchantemens.
Dans mille riantes images
Tu peins nos goûts & nos penchans :
A ta voix naissent les bocages
Peuplés de nymphes & d'amans ;
Les indifférens & les sages
Sont réchauffés par tes accens ,
Et c'est à l'ivresse des sens
Que l'on reconnoît tes ouvrages.

   Que j'aime ce fripon d'amour,
Chassé des cieux pour ses fredaines ,
Et ravi d'établir sa cour
Parmi des beautés plus humaines!
Eh ! que feroit-il en effet ,
Près de la fougueuse Bellone ,
De Pallas qui toujours raisonne ,
D'Hébé qui garde le buffet ,
Près de Jupin qui le sermonne ,
Et qui tâchant de s'égayer ,
Dans son triste & brillant empire ,
Se met par fois à foudroyer

Ce pauvre globe, où l'on fçait rire,
Et qu'il eft contraint d'envier ?
Car tel eft la célefte groupe
Si las de la Divinité,
Et favourant à pleine coupe
L'ennui de l'immortalité.

L'AMOUR eft bien mieux fur la terre :
Là tout l'encence & le révere :
Là de tout il fe fait un jeu,
Brave l'égide redoutable,
Et quittant l'affiche d'un Dieu,
Prend la liberté d'être aimable.
Dans le fentiment abforbé,
Tantôt en filence il fçait plaire :
Tantôt abjurant le myftere
Près de la volage Thisbé,
Il eft fou comme un moufquetaire,
Et libertin comme un Abbé.

SANS ceffe il termine ou projette ;
Et dans fon délire enfantin,
S'il badine le fceptre en main,
Il commande avec la houlette,
Il unit la nature & l'art ;
Chez la prude il vient fur le tard
A toute heure chez la coquette.

PAR fon inconftance emporté,
Au hafard il enflamme, il bleffe
La fimple & crédule beauté,
Qui, foupçonnant la volupté,
Touche à l'inftant de la foibleffe,
Et le jeune homme plein d'ardeur,
Qui, volant où l'inftinct l'appelle,
Vif, preffant, heureux & trompeur,
Joint à l'orgueil d'être vainqueur,
Le doux efpoir d'être infidele :
Et ce Tircis en cheveux blancs,

Qui , courbé fous la main du **Temps** ,
S'exténue en cherchant à plaire ,
Prend fes regrets pour des defirs ,
Et d'une voix octogénaire ,
Balbutie une hymne aux plaifirs.

Au fond de ce bocage fombre ,
Quel Dieu , l'œil à demi fermé ,
Dort ou feint de dormir à l'ombre
De cet arbriffeau parfumé ?
C'eft l'Amour , c'eft ce Dieu perfide ,
Toujours plus cruel , & plus beau :
Voilà fon air doux & timide ,
Voilà fes traits & fon flambeau.
Trois nymphes , pour lui quel préfage !
S'avancent d'un pas incertain ,
Le regardent d'un œil malin ,
Et fe fauvent fous le feuillage.
L'amour rit de leur badinage ,
Et s'applaudit de fon deftin.
L'afpect d'un enfant les raffure :
On vante fes vives couleurs ;
On joue avec fa chevelure ;
On l'enfevelit fous des fleurs.
Renfermant encor fon ivreffe ,
Son fein , que l'on ofe preffer ,
Palpite , & craint de repouffer
La jeune main qui le careffe.

Mais fur-tout que j'aime à le voir
Sous les liens de ces guirlandes ,
Qui devoient lui fervir d'offrandes ,
Gémir fans force & fans pouvoir !
Se débattre , verfer des larmes ,
Supplier , frémir , s'indigner ,
Captif auprès des mêmes charmes
Qu'il s'apprêtoit à moiffonner ;
Dans les entraves qu'il détefte ,

N'ayant que l'ufage des yeux ;
Avantage , hélas ! bien funefte ,
Lorfque , chargé de mille nœuds ,
On ne peut difpofer du refte !

DE jeux toujours environné ,
Peintre charmant , peintre des graces ,
Des fleurs dont tu femas leurs traces
Ton front doit être couronné.
Jufqu'ici ta touche légere
N'a point rencontré de rivaux ;
L'amour fit placer tes tableaux
Dans tous les boudoirs de Cythére,
Ah ! fois mon maître déformais ,
Apprends-moi cet art de féduire ,
Cet art qui fixe les fuccès :
Tu ne veux plus que nous inftruire ;
Donne-moi tes premiers fecrets.

MAIS quoi ! puis-je en toi méconnoître
L'aimable éléve du plaifir ?
Sans l'heureux talent de jouir ,
Anacréon feroit à naître.

AU MARQUIS DE **

TOI qui de Beautés en Beautés
Promenes ton frivole hommage,
Et qu'on aime mieux qu'un plus fage,
Malgré tes infidélités !
Écoute le récit d'un fonge
Qui n'auroit dû finir jamais :
La vérité n'a point d'attraits
Qui valent un fi doux menfonge.
A l'ombre des tilleuls, mille oifeaux réunis
Mêloient leurs becs, entrelaçoient leurs aîles ;
La brillante rofée en liquides rubis
Tomboit fur les rofes nouvelles :
Le chevrefeuil & le jafmin
Marioient leur tige embaumée ;
Et l'Univers fembloit un grand jardin,
Où des zéphirs l'haleine parfumée
Rafraîchiffoient le trône du matin.
Je parcourois les bofquets de Cythére :
Dans ce riant & magique féjour,
Deux Nymphes allumoient la guerre
Qui divifoit & Cypris & l'Amour.
L'une, infpire les feux dont fon œil étincelle ;
Enivre d'un regard, & reffemble à Vénus
Qui protége des traits dont elle eft le modele.
L'autre moins vive, & peut-être plus belle,
Sçait rougir, & fouvent baiffer un œil confus :
Elle a fa langueur même & Cupidon pour elle.
Mais ce n'étoient point leurs appas
Qui partageoient alors & le fils & la mere :
Il falloit décider, pour finir leurs débats,

Laquelle fçavoit mieux, inftruite au doux myftere,
Ranimer un Mortel expirant dans fes bras,
 Des mouvemens graduer la vîteffe ;
De l'Amour défarmé retendre l'arc divin,
 Promener au hafard une indulgente main,
Joindre un tendre foupir au feu d'une careffe ;
Et retarder par cet art enchanteur
Et le vol du plaifir & l'éclair du bonheur.
 Le croiras-tu ! je ne fçais à quel titre,
  Je méritai cette faveur :
C'eft moi, nouveau Paris, qu'on choifit pour arbitre.
Conçois-tu mon orgueil, & vois-tu mon ardeur ?
Déià dans le fond d'un bocage ;
Où l'air eft embrafé du fouffle des defirs,
 Vénus, fous un fombre feuillage
Fait élever un dais à mes plaifirs.
On voit flotter autour une gaze légere,
 Voile brillant par Zéphire agité :
  Car en tout lieu, même à Cythere,
  L'ombre paifible du myftere
  Sert d'attrait à la volupté.
Là, fur un lit de fleurs dreffé par la moleffe,
  Le front de myrthe couronné,
  Et raïonnant d'une amoureufe ivreffe,
J'attendois ce beau couple à mes vœux deftiné.
Elles approchent ... Dieux ! quel trouble ! quel
  délire !
  Mon cœur s'élance fur leurs pas ....
 Heureux momens que je n'ofe décrire ! ...
Tire le voile, Amour ; elles font dans mes bras.
  L'une aux tranfports de ma tendreffe
  Oppofe d'aimables refus.
  Une langueur qui m'intéreffe
  Se peint dans fes yeux ingénus,
  A l'afpect de fes charmes nuds,
  Et du defir qui les careffe.

Plus foible , fuccombant enfin
Au feu d'une attaque fi douce ,
Elle m'attire d'une main ,
Lorfque l'autre encor me repouffe :
Aux premiers rayons du matin
Telle on voit une rofe éclore
Et feuille à feuille ouvrir fon fein
Au parfum des pleurs de l'aurore.
L'autre dans mes bras amoureux
Meurt , renaît , s'enlace & s'agite ,
Son ardeur épuife mes feux ,
Sa volupté les reffufcite.
Elle veut être tour-à-tour
Et la Prêtreffe & la Victime ;
Et , dans cet abandon fublime ,
Ses levres que mon fouffle anime
Dardent les fleches de l'Amour.
Hé bien ! me dit Vénus , parle ; je te l'ordonne :
Je t'ai fait juge entre mon fils & moi.
N'abufe point des droits que ma faveur te donne ,
Venus veut bien s'en rapporter à toi.
A cet Arrêt que devint mon courage ,
Combien je livrai de combats !
Entre tant de Beautés le choix eft un outrage :
On jouit du plaifir , & l'on n'en juge pas.
Il fallut prononcer : néceffité fatale !
Détournant mes yeux attendris ,
A la premiere enfin ma voix donna le prix ;
Mais je n'ofai regarder fa Rivale.

A ZEMIS,

Pendant mon féjour à la Rochelle.

J'AI vu cet élément terrible
Ce mobile empire des vents,
Cet amas de flots mugiffans
Qu'enchaîne un pouvoir invifible.
Sous un ciel toujours agité,
J'ai vu cette mer orageufe,
Frémiflant avec majefté,
Rapporter fon onde fougueufe
Dans le lit qu'elle avoit quitté.
J'ai vu ces hardis édifices,
Qui vers les bords les plus lointains.
A travers mille précipices,
S'ouvrent de liquides chemins ;
Vont à des Nations fauvages
Porter nos vices & nos fers,
Et ramenent fur nos rivages
Les dépouilles de l'Univers.
Mon ame interdite & furprife
Goûte un plaifir mêlé d'horreur ;
A l'afpect des flots en fureur,
Et de l'homme qui les maîtrife ....
    VIENS ; embarquons-nous, ma Zémis ;
Fuis Paris, il a fes naufrages :
Je te promets des vents foumis,
Un jour pur, un Ciel fans nuages :
Tu n'as befoin que d'un fouris,
Pour en impofer aux orages.
Les amours, ces Dieux protecteurs,

Dont toujours l'essain t'environne,
Deviennent bons navigateurs,
Si-tôt que la beauté l'ordonne.
Ils auront tous cœur au travail :
Les uns tiendront le gouvernail ;
Les autres déploîront la voile ,
Et, sur les flots à peine émus,
Les Zéphirs , par toi retenus ,
Te feront voguer sous l'étoile
Qui t'est commune avec Vénus.
  Il est des Isles fortunées
Où l'on aime sans en rougir ;
Où renouvellant les années ,
Le temps rajeunit le plaisir ;
On ne trouve dans ces retraites,
Ni méchans , ni sots indiscrets :
Ni ces expirantes coquettes ,
Qu'offensent de naissants attraits ;
Point d'élégans saupoudrés d'ambre ,
Exigeant qu'on brûle pour eux ,
Ni Gentilshommes de la Chambre ,
Qu'il faille aimer une heure ou deux.
Là , dans un temple de feuillage
Sur un autel orné de fleurs ,
La Nature unira nos cœurs
Si bien faits pour lui rendre hommage.
Nous serons libres , amoureux ,
Et , transporté sur nos rivages ,
L'Européen ingénieux ,
Rira bien de nos simples jeux ,
Et nous prendra pour des Sauvages ;
Assez sots pour n'être qu'heureux.
  Mais où m'égare mon délire ?
Ce n'est qu'un rêve ; ma Zémis.
Restons où le sort nous a mis.
Pourquoi changerois-tu d'empire ?

Le Dieu qui me tient dans tes fers ,
Te fit pour un brillant Théatre ;
Ton joli nez que j'idolâtre
N'eſt point trouſſé pour les déſerts.
Adieu, mon iſle & mon bocage :
Tout examen fait , demeurons,
C'eſt le plus ſûr & le plus ſage ;
Et parmi ce monde volage
Où l'Amour reçoit tant d'affronts,
Aimons-nous, quel que ſoit l'uſage ,
Le plus long-temps que nous pourrons.

A M. DE P***

SUR SON POEME.

JE t'ai vu , par un goût volage ,
Dans le tourbillon emporté ,
De ta bruyante oiſiveté
Vanter & chérir l'avantage ;
Séduire & tromper la beauté ;
Changer chaque jour d'eſclavage ;
Etre pris , repris & quitté ;
Du plaiſir embraſſer l'image ,
Et jamais la réalité :
Bientôt une flamme plus belle
Diſſipa ce charme trompeur :
J'entens la gloire qui t'appelle ,
Sa voix retentit dans ton cœur.
C'eſt Renaud qui plus intrépide
A repris l'ame d'un Héros ,
S'éloigne d'une Cour perfide ,
Et fuit l'ombre de ces berceaux ;

Où la molleſſe & le repos
Le retenoient aux pieds d'Armide.
Aujourd'hui qu'un Ciel plus ſerein
Ranime & féconde la Terre ;
Que l'horrible Dieu de la guerre
Rugit ſous cent chaînes d'airain ,
Toujours ardent , toujours ſenſible ,
Tu ſuis une plus douce loi ;
Il te faut un laurier paiſible ;
La gloire eſt un beſoin pour toi.
Ta main qui ſoutenoit des armes ,
Tient les frais & riants pinceaux
Qui nous retracent tous les charmes
De ta Zélis au ſein des eaux.
Une muſette ſolitaire
Remplace le bruit du clairon :
Soldat dans les champs de la guerre ,
Tendre Berger ſur le gazon ,
Tu ſçus combattre , tu ſçais plaire ;
Et ton panache de Dragon
Se cache aux yeux de ta Bergere ,
Sous le myrthe d'Anacréon.
Pourſuis , Ami , rends à notre âge
Ces Eſprits ſimples & brillans
Qui ſans faſte & ſans étalage
Cultivoient leurs heureux talens ,
Qui ſur le ſein de leur maîtreſſe
Pour génie ayant leurs deſirs ,
Ne célébróient que leur pareſſe ,
Et ne chantoient que leurs plaiſirs ;
Qui jamais n'ont connu l'envie ,
Ce triſte fléau de nos jours ,
Et , lorſqu'ils laiſſerent la vie ,
Mirent en deuil tous les Amours.

AU MESME

Sur la chûte de Théagene.

AU milieu des plus grands revers,
Tu dis que le Sage plaisante,
Et qu'il verroit sans épouvante
La ruine de l'Univers.
J'en fais mon compliment au Sage ;
Cette héroïque fermeté
Est bien digne de notre hommage,
Je la respecte en vérité ;
Mais ne veux point en faire usage.
Tu connois mes goûts, mes penchans,
J'ai toute la foiblesse humaine ;
Mon ame esclave de mes sens
Ouvre toujours les deux battans
Au plaisir, ainsi qu'à la peine.
Ami, tu me vois consterné
D'avoir au grand jour de la Scene
Risqué mon Drame infortuné.
Oui, ma douleur est sans seconde,
Et cependant, on le sçait bien,
La chûte d'un Drame n'est rien
Auprès de la chûte du Monde.
Je puis, dis-tu, me consoler
Entre les bras d'une maîtresse :
Exilé des bords du Permesse,
C'est à Paphos qu'il faut voler.
Ce Ciel n'est point exempt d'orages.
Désormais à l'abri des vents
Je veux contempler les naufrages
Et des Auteurs & des Amans.

Trois-

Trois-je, plein d'une humeur noire,
De Vénus attrifter la Cour ?
C'eft bien affez, tu peux m'en croire,
D'être maltraité par la gloire,
Sans l'être encore par l'Amour.
Mais quoi ! ton amitié me refte,
C'eft ma reffource & mon foutien :
Pilade dans le fein d'Orefte
Ne doit plus fe plaindre de rien.
La Gloire eft une enchanterefle
Qui ne remplit jamais un cœur ;
L'Amour n'eft qu'un inftant d'ivreffe,
L'Amitié feule eft un bonheur.

A M· ROUSSEAU

SUR fes différens Ouvrages.

ARISTARQUE éloquent & fage Quadrupede,
J'aime affez tes fermons ; mais ils font fuperflus :
L'homme eft fur fes deux pieds ; c'eft un mal fans
    remede :
Tu ne changeras rien, ni vices, ni vertus.
Le monde a pris fon pli. Le trifte Diogene,
Fameux par fon orgueil qu'on nous a peint en beau,
    Par fa lanterne & fon tonneau,
    Étoit fiflé par les Plaifans d'Athenes.
Montre-moi, fi tu peux, formidable Cenfeur,
Les merveilllleux effets de tes vagues fyflêmes ;
Rêves de ton efprit démentis par ton cœur.
Tous les François t'ont lu ; les François font les
    mêmes.
    Dans le fein bruïant de Paris
Partie IV.   D

Je vois toujours la Fortune inégale,
　Malgré tes fublimes écrits,
Verfer fans choix les dons de fa faveur vénale.
Tu nous as dit cent fois : » les Sciences, les Arts
» Ont corrompu vos mœurs par leur vaine impofture.
» Ecoutez, Citoyens ; fuïez de vos remparts.
» Troupeau d'Etres penfans confufément épars,
» Dans les champs, dans les bois cherchez votre
　　　pâture,
» Vers la Terre abaiffez vos fublimes regards :
» Broutez, ô mes amis, & fuivez la Nature.
» Oubliez, oubliez que Corneille exifta :
» Ne vous fouvenez plus des beaux vers de Racine.
» Qu'ont-ils faits ces fléaux nés pour votre ruine ?
» Que leur doit l'Univers ? Athalie & Cinna ?
　　» Ils ont tracé dans de coupables rimes,
　　» Que maint Acteur fur la Scene anona,
» Le Roman des vertus & l'hiftoire des crimes ...
Tu me fais rire ... A quoi fert ce courroux ?
Je les préfére à toi ; leur empire eft plus doux.
　Plains en filence, au fond de ta cabane,
　Plains nos travers fans ceffe renaiffans ;
　　Ce peuple léger & profane,
Fourmilliere de Sots qui chérit les talens,
Et conferve fes goûts, quand Rouffeau les con-
　　damne
Ah ! je t'entends encor : » Confiné dans les bois,
» Du grand Tout, me dis-tu, j'obferve l'harmonie
» Le jeu myftérieux & les fecrettes loix.
» La Nature pour moi dévoile fon génie ;
　　» Et les humains vont entendre ma voix.
　　» Pour être heureux, ils n'ont qu'un pas à faire.
» Au lieu des riens brillans qui couvrent leur mifere,
» On leur offre des jours paifibles & fereins,
» Des antres, des rochers, & de gras pâturages,
» Des femmes fans pudeur, des plaifirs bien fauvages,

» De vaftes champs défrichés par leurs mains ,
» Et l'abrutiffement envié par les Sages.
» Les barbares qu'ils font , ils détournent les yeux :
» Corrupteurs l'un de l'autre , ils reftent dans leurs
    villes ;
» Ou , s'ils vont habiter de champêtres afyles ,
» Ils y portent leurs mœurs & leur mafque avec eux.
» Tilleuls , n'étendez plus votre odorant ombrage :
» Affervis déformais au tranchant des cifeaux ,
» Un monftre .... un Jardinier va tondre vos ra-
    meaux.
   » Fuyez l'abri de ce feuillage ,
» Antiques roffignols : fous ces triftes berceaux
» Qu'ont-ils befoin de votre doux ramage ?
» N'ont-ils pas Vaucanfon qui leur fait des oifeaux ?
  » N'efpérez plus , Naïades fugitives ,
» Promener fur des fleurs le criftal de vos flots :
» Ah ! libres autrefois , mais aujourd'hui captives ,
» D'une gueule d'airain on fait jaillir vos eaux .....
  Eh ! mon ami , mon cher Cynique ,
Tâche d'humanifer ton auftere bon fens.
Au fortir d'un jardin , d'un bofquet fymétrique ,
Ne peut-on contempler le fpectacle des champs ?
Mais tu viens de t'ouvrir des routes moins vulgaires :
O Minerve ! préfide à fes foins bienfaifans.
   Il n'a pu corriger les peres :
   Il veut élever les enfans.
Que de Sages , grand Dieu , pour la race future !
   Je vois un peuple tout nouveau ;
  Dés préjugés chaffant la foule obfcure
  Le jour fe leve , & le divin Roufleau ,
Le Créateur d'Émile ajoute à la Nature.
O que j'aime à te voir dans ton emploi facré ,
De langes , de maillots noblement entouré ,
Mêler tes jeux à ceux de ton Pupille ,
Ce marmot fortuné , Philofophe d'un jour ;

Lui prodiguer ton héroïque amour ;
L'embeguiner toi-même , & d'un regard tranquile
Parcourir le beau sein qui doit nourrir Émile !
Hommes ! ce n'est point vous qu'on veut endoctriner;
Rousseau s'est réservé pour un plus bel ouvrage :
Le hochet de l'enfance est dans les mains du Sage ;
C'est elle désormais qu'il prétend gouverner.

  Premier âge que je regrette !
Ciel ! qu'Émile est heureux , & que son sort est beau !
Socrate balbutie autour de son berceau :

  L'un réfléchit, tandis que l'autre tette.
Quel contraste sublime & quel riant tableau !
Mere , dont l'instinct seul dirige la tendresse ,

  N'espérez point , par de vulgaires jeux
Exercer votre Émile & sa mâle jeunesse.
Voyez-le s'échapper , & fuir loin de vos yeux ,
Déployer de ses nerfs la rustique souplesse ;
Émule d'un chevreuil , & non pas de Vestris ,
Gravir sur un rocher où Jean-Jacque est assis ,

  Pour applaudir à son adresse.
Voyez-le soulever de pénibles fardeaux ;
Accoutumer ses mains à de grossiers travaux ;
Niveler , labourer sous l'œil de la sagesse ,
Et comme sur la Terre habiter sous les eaux.
Sur son front basané quelle aimable rudesse !
Petit Pâtre charmant , tu n'as point de rivaux !
Mais ce n'est rien encore : au fond d'une boutique
Je vois Monsieur Émile avec un tablier,

  D'un œil affable accueillant la pratique ,
Achever une mule ou finir un soulier.
Tout sage Citoyen doit savoir un métier ;
A l'État , à lui-même il doit payer sa dette ;

  Mais qu'il ne soit ni Peintre ni Poëte ;
Un Poëte , bon Dieu , vaut-il un Cordonnier ?
Il ne falloit donc pas , même dans ton ouvrage ,

  Prodiguer les vives couleurs

De cet Art séduisant que ton orgueil outrage.
Pourquoi lui dérober sa parure & ses fleurs ?
C'est toi qui vas parler. » Dans sa carriere immense,
» Tout raïonnant de feux l'Astre du jour s'élance.
Un point brillant s'échappe & part comme un éclair ;
» Il remplit à l'instant les vastes champs de l'air.
» Leur voile ténébreux se replie & s'efface ,
» L'homme sent dissiper les langueurs de la nuit ,
» Il s'éveille, il admire , en mesurant l'espace ,
» La majesté d'un Monde à ses yeux reproduit.
» La verdure a repris une fraîcheur nouvelle :
» La mobile rosée en rubis étincelle
     » Sur l'émail velouté des fleurs ,
» Et réfléchit à l'œil attentif & fidelle
» L'éclat de la lumiere & l'éclat des couleurs.
» Quel doux frémissement dans mon ame attendrie!
     » De nos forêts hôtes harmonieux ,
» Vous saluez en chœur le pere de la vie ;
» Vous apprenez à l'homme à célébrer les Dieux.
Crois-tu donc avilir ce céleste langage ,
     Ce délire , ce feu divin
Que tu sçais diriger avec tant d'avantage ,
     Quand il vient embrasser ton sein ?
Possesseur d'un talent que l'on rabaisse en vain ,
Notre bon La Fontaine à mes yeux est un Sage :
Ta raison ne vaut pas son léger badinage ;
Il instruit en riant, & j'aime mieux enfin
Les folâtres leçons de Maître Jean Lapin ,
     Que les arrêts d'un Précepteur sauvage
     Qui me dégrade , qui m'outrage ,
De mes douces erreurs prétend m'ôter l'usage ,
Et veut remettre au gland le pauvre genre humain.
     Mais retournons sur les traces d'Émile.
Par des canaux secrets son sang élaboré
Bouillonne en flots pourprés dans un sein plus fertile ;
     L'enfant n'est plus, & l'homme s'est montré.

A ſes plaiſirs l'Univers s'intéreſſe :
Sophie eſt jeune, & doit avoir ſon tour :
Près de ſes dix-ſept ans, qu'eſt-ce que ta ſageſſe ?
Monſieur le Gouverneur, faites place à l'Amour.

A MLLE CLAIRON,

SUR l'indéciſion de ſa rentrée au Théatre.

RENTRES-TU ? ne rentres-tu pas ?
Prononce ; éclaircis ce myſtere.
Quand la Gloire te tend les bras,
Pourquoi ferois-tu la ſévere ?
On ſe demande tour-à-tour :
» Hé bien ! ſçait-on quelque nouvelle ?
» L'aurons-nous ? reparoîtra-t-elle ?
» Joûra-t-elle au moins pour la Cour ?
C'eſt une allarme univerſelle,
Un deuil qui croît de jour en jour :
L'Europe entiere te rappelle.
Sourde à ſes cris veux-tu, cruelle,
Bouder & l'Europe & l'Amour ?
Oui, l'Amour ; il marche à ta ſuite ;
Il te doit ſes touchans attraits
A ta voix il pleure ou s'irrite,
Ses triomphes ſont tes bienfaits,
Et ta couronne de Cyprès
Eſt ſa parure favorite.
ALLONS, il faut prendre un parti.
Ma Clairon, vois où nous en ſommes,
Plus d'Actrices, plus de grands hommes ;
Tout meurt, tout eſt anéanti.
Par toi Paris eſt au régime :
Reprenant ſes antiques droits

En vain Dumefnil quelquefois
Pour nous enchanter fe ranime ;
En vain Brizard, les fens troublés,
Vient étaler fur notre Scene
Ses beaux cheveux gris-pommelés,
Et fon ame républicaine :
Chevelure, ame, rien ne prend,
Tous nos jeunes talens fuccombent,
L'un fur l'autre les Drames tombent,
Le Public ne voit ni n'entend.
Souveraine toujours chérie,
Tes États font dans l'Anarchie.
Pour rendre enfin le mal complet,
D'un quart la recette eft baiffée,
Et Melpomene eft éclipfée
Par le Singe de Nicolet.
Toi feule à nos vœux indocile
Caufes les maux dont je gémis.
Tel jadis le courroux d'Achille
Fit le malheur de fon Pays.

ON dit, ô la plaifante hiftoire !
Que, par un fcrupule enfantin,
Tu ne veux-point, dois-je le croire ?
Trouver Laïs fur le chemin
Où tu prends ton vol vers la Gloire.
Ce bruit eft faux, je le foutien :
Laïs eft fi bonne perfonne ?
Elle a des Amans la friponne ?
C'eft un avoir qui fied fort bien.
Je fuis jufte, fois indulgente.
Il eft permis d'être Catin
Depuis dix-huit ans jufqu'à trente,
Et d'en avoir quitté le train
On gémit encore à quarante.
D'ailleurs l'Aigle, au millieu des airs,
Planant au-deffus des collines,

D 4

Se jouant parmi les éclairs ,
Du haut de ces routes divines ,
Voit-il à l'ombre des buiſſons
Les jeux des Mouches libertines
Et les amours des papillons ?
Ah ! j'y ſuis : tu voudrois détruire
Ce ridicule préjugé ,
Qui très-ſottement protégé
Fait qu'on flétrit ce qu'on admire.
Tu voudrois que tout ſimplement
Mérope , Alzire , Bérénice ,
Allaſſent jurer en Juſtice ,
Et qu'on les crût ſur leur ferment.
Tu voudrois , ſans trop de caprices ;
Jouir des mêmes droits que nous ,
Et qu'un Dieu Sauveur mort pour tous ;
Fût mort auſſi pour les Actrices.
J'approuve fort de tels deſirs ,
Et le Pape plein de ſageſſe ,
Devroit , exauçant tes ſoupirs ,
Te donner pour menus plaiſirs
Le droit de mentir à confeſſe.
Dans un de ces étuis ſacrés
Par nos dévotes révérés ,
Combien j'aimerois Ariane ,
Moitié ſainte , moitié profane ,
A quelques Moines débauchés
Demandant , avec tous ſes charmes ,
L'abſolution de nos larmes ,
Et le pardon de nos péchés !
CONSOLE-TOI : les immortelles
Qui préſident au double Mont ,
Déployant leurs brillantes aîles ,
Deſcendent pour orner ton front.
De leurs guirlandes les plus belles.
Voi l'Amour pénétré d'effroi ,

Quittant les jeux de la Folie,
En long manteau noir devant toi
Porter l'urne de Cornelie.
Je ne puis cacher mes penchans;
J'aime les Dieux du Paganifme;
Tous ces Dieux-là font bonnes-gens,
Ils favorifent les talens,
Et profcrivent le Fanatifme.
Clairon, tu leur dois de l'encens;
Et puifque le Chriftianifme
N'ofe malgré tes vœux ardens
Te compter parmi fes enfans,
Et te renvoye au Catéchifme:
Choifis enfin des Dieux plus doux,
Confole-toi par notre eftime:
Nous prendrons tes crimes fur nous;
Sois toujours Payenne & fublime,
Tu feras encor des jaloux.

A MA SŒUR,

Quelques heures avant de quitter Dijon.

QUE le vol du Temps eft rapide!
Je te vois depuis un moment,
Et déjà le fort qui me guide
M'enleve à ce loifir charmant
Où dans le doux épanchemant
De la tendreffe la plus pure
Je ferrois fi tranquillement
Un nœud formé par la Nature.
Déja henniffent dans ta cour
Les courfiers dont l'impatience
Va m'arracher à ce féjour.

D 5

Que leur fatale diligence
A de fois affligé l'Amour !
Sans vouloir lui faire une offense,
L'Amitié ressent comme lui
Le vuide affreux, le sombre ennui,
Et tous les tourmens de l'absence.
　MAIS pourquoi vais-je t'attrister,
En m'arrêtant sur cette image ?
Tout ici-bas n'est qu'un passage,
Et l'on s'unit pour se quitter.
Liqueur céleste & bienfaisante,
Toi qu'on vit murir sur ces monts,
Qui, sur les côteaux Bourguignons,
As puisé ta séve adorante,
Toi qui vas par delà les mers
Egayer les Penseurs de Londre,
Les Russes prêts à se morfondre,
Si tu n'échauffois leurs hyvers ;
Les Bachas à deux ou trois queues,
En tuniques vertes ou bleues,
Te fêtant dans leurs belvéders,
L'Iman, le Bonze, le Bracmane,
Sur-tout cet auguste Sultan,
Qui, las de la pompe Ottomane,
Envoie au diable le turban,
Pour te humer en bon Profane,
Boit, jure avec ses Icoglans,
Et laisse violer ses femmes
Par de petits Eunuques blancs,
Qui poussent auprès de ces Dames
Ce qu'ils ont de beaux sentimens.
Étourdis-moi, liqueur chérie,
J'ai besoin d'un moment d'erreur ;
Qu'un Sage à la Raison se fie,
J'implore ta douce vapeur
Qui vaut bien la Philosophie ;

De tes brouillards couvre mes yeux,
Et fauve mon ame attendrie
De l'amertume des adieux.

Du moins, ô ma plus fure amie,
Je te laiffe en des lieux charmans;
Parmi vous la coquetterie
N'a pas éteint les fentimens,
Et de la bonne compagnie
Vous avez tous les agrémens,
Sans avoir fa fuperficie,
Ses éternels rafinemens,
Et fa brillante perfidie.
Vos époux font accommodans,
Je ne dirai rien des Amans;
Mefdames, votre fantaifie
Fit leur valeur dans tous les temps.
Combien de Belles fous les armes,
Méditant les plus doux combats !
L'enfant aîlé fier de leur charmes,
Sonne la charge fur leurs pas.
Honneur à notre jeune Achille * !
Lorfque paifible & défarmé,
Il vient goûter dans cet afyle
Le plaifir de fe voir aimé,
Que ce cortége doit lui plaire !
C'eft l'Aiglon qui fort de fon aire,
Va nourrir fes jeunes ardeurs
Dans le foyer de la lumiere,
Et las de porter le tonnerre
Revient s'abattre fur des fleurs.
DIJON, que je te dois d'hommages !
J'ai vu dans tes murs floriffans
Des cœurs vrais, de jolis vifages,
Et des graces & des talens,

* M. le Prince de Condé.

La parure de tous les âges,
Le charme de tous les inftàns.
Auprès d'une Vénus nouvelle *
J'ai vu les Amours embellis
Lier Thémis, grave immortelle,
Avec la ceinture des ris,
S'accoûtumer à fa préfence,
Armer fes mains de leur flambéau,
Lever un coin de fon bandeau,
Et fe jouer dans fa balance.
J'ai vu ce célebre *** ,
Où quelques pieux Perfonnages
Sont abreuvés de vin du clos,
Si digne d'enivrer des Sages.
Vivent les fages de ce lieu !
Ils font profpérer les familles,
Et toujours pleins du plus beau feu,
Vont galopant chevreuils & filles,
En zélés ferviteurs de Dieu.
    Qu'entens-je?... on m'appelle, on me preffe,
Chere Sœur, voici le moment.
Adieu : dans cet embraffement,
Reçois ma fidelle promeffe
De t'aimer éternellement :
Je te jure qu'à ma maîtreffe
Je n'oferois en dire autant.

* *La Premiére Préfidente.*

A M· SOULIER,
Médecin.

L'ŒIL toujours, ardent & ſerein ,
Le jeune. homme plein d'aſſurance
Laiſſe ſans ſoin & ſans chagrin
Les trois. Sœurs au. fuſéau d'airain
Filer ſa rapide exiſtance ;
Voit tout éternel devant ſoi ,
Enfin vit avec inſolence ,
Sans ſçavoir comment ni pourquoi.
 C'EST moi que j'ai voulu te peindre
Juſqu'ici. par l'âge emporté ,
Sans rien prévoir & ſans rien craindre ,
Je crus à l'immortalité.
Je m'abuſois ; le charme ceſſe ,
Mon ſang , privé de ſa chaleur
Circule avec plus de pareſſe ,
Et dans tous les canaux qu'il preſſe
Va diſtribuer la douleur :
Je cherche en vain cette ſoupleſſe ,
Ce ſentiment de la vigueur ,
Que le Ciel donne à la jeuneſſe ;
Et j'oſe porter ma langueur
Entre les bras de ma maîtreſſe.
Hélas ! ce ſymptôme eſt affreux ;
J'en frémis , tu frémis toi-même :
Sans doute mon mal eſt extrême ,
Puiſqu'il me défend d'être heureux....
Allons , répare cette injure ;
Rends mon ſang plus libre en ſon cours ,

Que dans chaque fibre il voiture
Le filtre brûlant des Amours.
Pour Églé qui déjà murmure,
J'ai juré de vivre cent ans :
Montre mon bail à la Nature,
Et fais-lui fceller mes fermens.

LOIN fur-tout l'afpect redoutable
De tout Efculape pédant,
Qui traite un malade tremblant
De l'air dont on juge un coupable :
Redouble ma fievre en entrant,
M'anéantit quand il m'approche ;
Qui femble avoir la mort en poche,
Ou me guérit en m'ennuyant.

COMME toi l'on doit fçavoir plaire
Aux yeux même de la douleur :
Je hais le Médecin févere ;
Il me faut un confolateur.
Courbé, flétri par la fouffrance,
Oui, l'homme veut encor jouir :
Il eft toujours prompt à faifir
Ce qui foutient fon efpérance ;
Et fon cœur expirant s'élance
Vers le fantôme du plaifir.

FRANCHEMENT je te le confeffe,
Je trouverois hors de propos
D'aller, au fort de mà jeuneffe,
Meubler un de ces froids caveaux
Que jamais le jour ne careffe,
Où l'on goûte un morne repos,
Et fans amis & fans maîtreffe.
Moiffonnons encor quelques fleurs ;
J'aime affez ce monde magique,
Où l'heureux prifme des erreurs
Prête à tout fes vives couleurs :
J'aime ce Peuple fantaftique

D'enfans pourſuivant les honneurs
Ces graves Sots qui s'établiſſent
En juges , en Réformateurs ;
Qui récompenſent , qui puniſſent ;
Se nomment Rois , Légiſlateurs ,
Et de leurs rêves s'applaudiſſent.
Que tu dois être regretté
Au milieu de cette Féérie ,
Amour , bienfaiſante folie ,
Seule illuſion de la vie ,
Qui reſſemble à la vérité !
O doux & conſolans menſonges ,
Bercez-moi juſqu'à mon réveil ;
Puiſque la vie eſt un ſommeil ,
Rendons-nous heureux par des ſonges.

SOULIER , ſi ton Art cependant
Ne peut d'un corps tout diſcordant
Appaiſer la guerre inteſtine ,
Si par un maudit aſcendant
Je ſuis pouſſé vers ma ruine ;
Avec courage il faudra bien ,
Loin des chers humains que je fronde ;
Dénouant un foible lien ,
Aller rêver dans l'autre monde.

ON y réve commodément ,
Il ne s'agit que du paſſage.
Mais quel qu'en ſoit l'événement ,
Parmi les apprêts du voyage ,
Je veux juſqu'à l'embarquement
Me diſtraire ſur le rivage.

A MADAME DE ✳✳✳

Convalescente dans les premiers jours du Printemps.

ENFIN de la triste Lucine
Tu n'éprouves plus les rigueurs :
Des Amours la Troupe enfantine
A chassé l'essain des douleurs.
Quelle jeune & fraîche Déesse
T'invite à voler dans ses bras ;
Le plus aimable Dieu s'empresse
A la conduire sur tes pas.
L'une aux rayons de l'allégresse
Vient r'ouvrir ton œil enchanté ,
Sans elle il n'est plus de jeunesse ,
Sans elle il n'est plus de beauté.
L'autre , attendu par la Nature ,
Répand des parfums dans les airs ;
Et , de fleurs semant la verdure ,
Fait un jardin de l'Univers.
Aux feux que leur retour inspire ,
Tu reconnois ces Dieux charmans :
C'est la santé , jeune Thémire ;
Que te ramene le printemps.
Vois ces vergers & ces prairies
Déployer leurs rians tableaux :
Vois dans ces retraites fleuries
Errer ces paisibles ruisseaux.
Vois ces tilleuls sur ce rivage
Unis , enlacés en berceaux ,
Abaisser leur mobile ombrage
Qui va se peindre dans les eaux.

La Nature fe renouvelle :
Quel fpectacle touchant pour moi !
Je la vis mourante avec toi ;
Je te vois renaître avec elle.

A LA PRINCESSE DE ✳✳✳

UN Philofophe Militaire,
Senfé , comme on l'eft à vingt ans,
Et grave comme un Moufquetaire ,
Ofe vous offrir fon encens.
J'avoûrai qu'il eft téméraire ,
Que fes tranfports font imprudens ;
Mais ils ne peuvent plus long-temps ,
Vieillir à l'ombre du myftere ,
Cette mort lente des Amans.
Princeffe , il eft certains momens ,
Où le cœur ne confulte guere ;
L'orgueil des titres & des rangs ;
Vénus alors devient Bergere.
Je ne crois plus aux fentimens ,
Dès que la Raifon les éclaire,
En dépit de la dignité ,
Agréez le premier hommage
D'un jeune Amant de la beauté ,
Qui dans fon paifible hermitage ,
Plein des traits qui l'ont enchanté ,
Sçait goûter avec volupté
L'erreur qui confole le Sage
Au défaut de la vérité.
N'ofant efpérer davantage ,
Je tiens à mon illufion :
Dans fes doux tranfports Ixion

Saisissoit la trompeuse image
Que réalisoient ses desirs :
Il adoroit jusqu'au nuage
Qui s'opposoit à ses plaisirs.

A MLLE FANIER.

JEUNE & folâtre Alexandrine ;
Je sentois mon heure venir :
Je touchois presqu'à ma ruine ;
J'allois, oui, j'allois m'attendrir,
Grace à ta friponne de mine.
J'ai pris la poste pour te fuir.
Je me suis abusé sans doute ;
Je n'en ai pas plus de repos.
Change-t-on de cœur sur la route,
Comme l'on change de chevaux ?
L'Amour, hélas ! est du voyage ;
Et quand je soupire pour toi,
Il bat de l'aîle autour de moi,
Et s'applaudit de son ouvrage.
Je revois ces yeux libertins
Que fait petiller la folie,
Et tes agrémens enfantins,
Et cet art qui les multiplie,
Et cette bouche au doux souris,
Où le baiser vit & repose ;
Et ce sein où parmi les lys
S'éleve un trône pour la rose.
De loin tu sçais lancer tes traits.
Au fond d'un bois, dans la prairie,
Par-tout je trouve tes filets ;
Et je galope dans la Brie

Avec l'Amour & tes attraits.
Apprends jufqu'où va mon délire.
Si le Ciel eft pur, fi les champs
Sont rafraîchis par le Zéphire,
Je me dis . . . en ces doux momens
Aléxandrine doit fourire :
Mais fur la cime des forêts
S'il s'éleve une nue obfcure ;
C'eft toi qui boudes la Nature ;
Oui, les beaux jours font tes bienfaits.
Que de feux ! dis-moi donc : qu'en faire ?
A peine hélas ! as-tu feize ans.
Déferteurs des bofquets rians
Et du Colombier de Cythere,
Bientôt tous les Amours du temps,
Adroits, flatteurs & careffans,
Viendront habiter ta voliere,
Becqueter tes charmes naiffans ;
Et je voyagerai long-temps
Avant de parvenir à plaire.
Chaffe, crois-moi, ces importans.
Choifis plutôt un Fou fincere
Qui fçache aimer fans fade encens :
Tiens ; fi tu veux, j'ai ton affaire.
Je m'abandonne à cet efpoir ;
Il a fufpendu mes allarmes :
Au galop je fuyois tes charmes :
Au galop je viens les revoir.
Je viens te confacrer ma vie ;
Je fuis yvre & brûlant d'amour.
Arrange-toi, je t'en fupplie,
Pour m'adorer à mon retour.

A M. DE P***

SUR la Galanterie moderne.

IL faut en convenir, Damis,
Combien, depuis qu'on le raisonne,
L'Amour a perdu de son prix !
Les Sages, Dieu me le pardonne,
Ne font que des Amans transis.
Le Galant Clergé de Cypris
Exclud les Docteurs de Sorbonne,
Les Géométres, les maris,
Froid bétail qui toujours foisonne,
Et qui désole tout Paris.
L'amour vrai, ton guide & mon maître
Dans leurs calculs s'évanouit :
Oui, c'est l'instinct qui le fait naître ;
Et l'Analyse le détruit.
Eh ! laissons cet enfant bisarre
Régler son vol sur le desir :
Qu'importe après tout qu'il s'égare,
Si l'erreur le mene au plaisir.

QUELLE est notre galanterie
Dans ce beau Siecle si vanté ?
C'est l'oisive coquetterie
Qui grimace la volupté.
On s'aime, & bientôt on s'évite ;
On se prend, parce qu'on se quitte,
Tout est arrangé, concerté :
On fait des enfans par systême,
Ou bien par un regard suprême,
Pour la pauvre postérité.

L'Amour , éternel Moralifte ,
Devient un Dieu de Cabinet :
L'Amour eft Encyclopédifte ;
Ce titre lui fied tout-à-fait.

   Du bel-efprit fùnefte empire !
Ton glacial , ton précieux ;
Avec toi puiffé-je profcrire
Tous tes fuppôts volumineux ,
Dont le travail faftidieux
Fait bâiller tout ce qui refpire !
Mes bons , mes ftupides Ayeux :
Que je vous aime & vous regrette !
Donnez-moi donc votre recette :
Plus fots vous étiez plus heureux.
Beaux jours de la Chevalerie ,
Revenez encor parmi nous :
Revenez , galante folie ,
Amadis terribles & doux ,
Vous qui de conquête en conquête ,
La pique en main , le cafque en tête ,
Vainqueurs de cent périls divers ,
Au galop couriez l'Univers ;
Vous qu'on voyoit tout entreprendre ,
Pour vos belles , pour leur bonheur ;
Et dont l'amour foumis & tendre
N'ofoit attaquer un honneur
Qu'elles n'auroient ofé défendre !
Que j'aime ce fou furanné ,
Ce preux Paladin de la Manche ,
Au long vifage décharné ,
Mais à l'ame fenfible & franche ,
Qu'aux pieds d'un rocher calciné
On vit mille fois fur la brune
Se feffant au clair de la Lune
Pour l'Amour & pour Dulciné !
Avec quel tranfport je m'écrie ,

Quand je vois ce fougueux Roland
Dans son héroïque furie
Si fou , si risible & si grand ,
Troubler le cristal des fontaines ;
Injurier les doux Zéphirs ,
Effrayer les bois & les plaines
De ses longs & bruyans soupirs ;
Pleurer la honte de ses chaînes ;
Et l'œil sombre , ardent , inquiet ,
Sublime à force de foiblesse ,
Déraciner une forêt
Pour se venger de sa maîtresse !
Les voilà ces emportemens ,
Et ces écarts & ce ravage ,
Ces fougues du cœur & des sens ,
Que je préfére au persifflage
De tous nos Scélérats charmans.
L'Amour est le Dieu des orages ,
Raison , le plus froid des Tyrans ,
Mêle-toi de faire des Sages ,
Et laisse en repos les Amans.
Je n'y tiens plus. Oui , je vais prendre
Une rondache , un écuyer :
J'ai l'esprit fou , j'ai le cœur tendre ;
Amis , je me fais Chevalier.
Je veux dissiper l'imposture :
Belles , je veux dans votre cour
Ramener enfin la Nature
Avec le véritable Amour.
 DAMIS , ne va point me distraire ;
Ils pourroient encor m'échapper :
Tu sçais trop pour les rattraper
Combien j'ai de chemin à faire.

✳

A MLLE ARNOULT.

VIVE & brillante enchantereſſe,
Reçois nos baiſers & nos vœux.
Le reſpeᶜt eſt l'encens des Dieux,
L'Amour, celui d'une Déeſſe.
Que dis-je ? ce titre orgueilleux
Vaut-il le beau nom de Sophie ?
Crois-moi, jeune, folle & jolie,
Laiſſe l'Olimpe radieux
A la céleſte Bourgeoiſie
Que l'on adore & qui s'ennuie
Tandis que tu fais des heureux.
Le beau Temple de l'harmonie *
Va bientôt s'ouvrir à nos yeux ;
C'eſt là que je te déïfie ;
Voilà ton Palais & tes Cieux.
Je vois Pſiché, je crois l'entendre
Parmi la foudre & les éclairs
Mêler ſa voix plaintive & tendre
Au tumulte effrayant des mers.
De l'Amour ſi tu peins les flammes,
Si tu fais gémir la douleur,
Ta voix s'échappe de ton cœur
Et va retentir dans nos ames.
Dis-moi par quels dons inconnus
Peux-tu réunir, ma Sophie,
Le babil piquant de Thalie,
Les ſons touchans de Polymnie,
Et le ſilence de Vénus.
Sur-tout combien je t'idolâtre

---

* L'Opéra étoit fermé depuis long-temps.

Lorfque rendue à tes Amans,
Toujours défolés & contens,
Tu fçais par ton humeur folâtre
Sufpendre & charmer leurs tourmens?
Lorfqu'on te voit fans étalage,
Sans apprêt & fans dignité
Prêtreffe de l'Amour volage,
Cueillir avec légéreté
Cette fleur de libertinage
Qui reffemble à la volupté !
Jamais chez toi n'ofent paroître
Ces vieux Defpotes éclopés,
Toujours cocus, toujours dupés,
Et toujours fi bien faits pour l'être.
Tu profcris les airs impofans
Les tons burlefques, les caprices
Des alteffes de nos couliffes
Qui traitent en Impératrices
Et leurs valets & leurs Amans.

CHEZ toi l'on trouve la Nature,
Ou l'art féduifant de Ninon,
Cet art qui tient à la Raifon,
L'art de tromper fans impofture.
Chez toi l'on badine & l'on rit.
La gêne y femble infupportable ;
Et l'on y cache fon efprit,
Afin d'en être plus aimable.

IL eft un champêtre réduit,
Temple paifible du myftere,
Où l'on s'envole à petit bruit
Loin de l'Étiquette févere,
Qu'en riant l'Amour éconduit.
C'eft là que fur une Ottomane
Qu'ombragent les feftons légers
D'un voile errant & diaphane,
Volent les jeux & les baifers :

C'eft

C'eſt là que plus vive & plus belle,
Le feu, la gaîté dans les yeux,
Hébé verſe le Punch aux Dieux,
Qui ne s'enivrent qu'avec elle.
C'eſt là que vers la fin du jour,
La liberté, convive aimable
Met les deux coudes ſur la table
Entre le Plaiſir & l'Amour.

QUELLE volupté, ma Sophie !
Que ſont les biens & la grandeur !
Va, ce délire eſt le bonheur ;
Il eſt le charme de la vie.
Crains de former de nouveaux nœuds.
Toujours folle & toujours tranquille,
Laiſſe errer ton cœur & tes vœux.
Ton amour feroit un heureux ;
Ton indifférence en fait mille.

A M· LEMIERRE,

En lui envoyant Pierre le Grand.

AMI, je hais les dédicaces
Et le ton des adulateurs :
Je demande un ſourire aux Graces,
Rien au faſte des Protecteurs.
Jamais par le moindre acroſtiche
Je n'ai flatté l'orgueil des rangs.
Les Sots que le hazard fit grands,
Pourroient bien tranſir dans leur niche,
Sans que j'y brûle un grain d'encens.
Je ris de l'opulence altiere,
Qui de ſa triſte oiſiveté
Prétend que l'on ſoit tributaire.

Partie IV.   E

Ma Maîtreſſe & la vérité
Sont les Rois à qui je veux plaire.
A l'aſpeét du vice fêté,
Ma Muſe, d'un œil irrité,
Se rejette, toujours plus fiere,
Dans les bras de la liberté.

 PAR ſageſſe ou par imprudence,
Je fuis tout ſuccès mandié;
Et, du ſein de l'indépendance,
J'offre mes vers à l'amitié.
Jette les yeux ſur la peinture
De ce Guerrier Légiſlateur,
Qui par ſon ſouffle produéteur
Dans le Nord changea la Nature;
Raſſembla les germes épars
Des talens & de l'induſtrie;
Et ſe créant une Patrie,
Fit luire le ſoleil des Arts
Sur les neiges de Sibérie.
Pour de pareils coups de pinceaux,
Je fuis ſans doute encor novice;
Ami, je me borne à l'eſquiſſe,
Et te laiſſe les grands tableaux.

 ON nous parle de l'ancien Pierre,
Qui, de la foi ſeule appuyé,
Jadis marcha ſur l'onde amere,
Sans ſe mouiller le bout du pié.
Ce Pierre-ci, plus terre à terre
Seroit, je crois, bientôt noyé,
S'il étoit par moi renvoyé
Sur les flots bruyans du Parterre.
Pour toi brave cet Océan;
Hazarde & vogue à pleines voiles
Guillaume, Hypermneſtre, Artaban,
Voilà tes vents & tes étoiles.
Mais tout près de toucher le bord,

Si tu fuccombois à l'orage ,
Sur un débris gagne le Port;
Et reviens , te mocquant du fort ,
Rire avec moi de ton naufrage.
Tu trouveras un jour ferein
Sous le berceau qu'on te deftine :
Je t'attends le verre à la main ;
Et je t'attends avec Corine.

AUX ÉDITEURS ,

*De l'Almanach des Mufes , au fujet d'une Note
qui s'y trouve au bas des vers à Corine ,**

EH , Meffieurs , n'appréhendez rien ,
J'ai beau médire de la gloire ;
C'eft du temps perdu , j'en convien :
Quel Auteur ofera m'en croire ?
Prêcher , aux Poëtes fur-tout !
Le mépris de cette fumée ,
C'eft renverfer , confondre tout ;
Il leur faut de la renommée.
POUR moi , fi vous le permettez ,
Je prétends dépenfer ma vie
En de plus douces voluptés.
Vos rêves n'ont rien que j'envie :
Il me faut des réalités.
Songez à la race future.
Moi qui refferre mes deftins
Dans les bornes de la Nature ,

* *J'y difois , je crois, qu'un fourire de Corine
valoit mieux que la gloire , & c'eft ce qu'on dé-
fapprouve.*

J'aime affez cette fphere obfcure :
J'y veux couler des jours fereins,
Et fuis, quoique l'on en murmure,
Pour les plaifirs contemporains.

   ET puis, par des routes diverfes,
On atteint l'immortalité.
Outre le chemin fréquenté,
Il eft des fentiers de traverfes
Qu'on prend pour fa commodité.
Souffrez, fans qu'on vous fcandalife,
Que, par fes penchans emporté,
On foit immortel à fa guife.
L'un veut l'être par fes hauts faits,
L'autre par fes écrits aimables :
Antonin l'eft par fes bienfaits,
Et la Fontaine par fes Fables ;
Pétrarque par de froids Sonnets,
Homére, par fon Iliade :
Le Madrigal & la Ballade,
Flanqués de quelques triolets,
Valent ce titre à Benférade :
Chaulieu le doit aux feuls appas
De quelques graces négligées ;
Vous, Meffieurs, à vos Almanachs,
Comme Keyfer à fes dragées.

   QUE dis-je ? Pourquoi tant d'effort ?
Pourquoi ces élans du génie
Tel n'a de titre, après fa mort,
Que l'indolence de fa vie :
Témoin l'oifif *Desyvetaux* *,
Qui, dans un fage apathie,

---

* *Célèbre Pareffeux de l'autre Siecle : il étoit pref-que toujours en habit de Berger, & fit quelques chan-fons paftorales. Son non eft confacré par les vers de Chapelle, de Chaulieu, & fur-tout par ce qu'en a dit M. de Voltaire.*

Éloignoit tous ces vains travaux ,
Pour abandonner fon repos
A la tendre mélancolie.
Le monde , à fes yeux enchantés ,
N'étoit peuplé que de Bergeres ;
Et chalumeaux & panetieres
Pendoient toujours à fes côtés.
La mort pour lui fut un paffage :
Exhalant fes derniers foupirs ,
Il crut , dans un nouveau bocage ,
Renaître à de nouveaux plaifirs.
Il defcendit aux fombres rives ,
Une houlette dans la main ;
Et près de lui fon air ferein
Fixa les ombres fugitives.
Ainfi finirent fes beaux jours
Évanouis dans la molleffe ;
Et fon nom , qui vivra fans ceffe ,
Fut dépofé par la pareffe
Dans les Annales des Amours.
  O trop heureufe indifférence !
Calme , abandon voluptueux !
Viens embellir mon exiftence :
Peut-être un jour chez nos neveux
Je trouverai quelque indulgence ;
Mais trompé dans mon efpérance ,
Si je fuis oublié par eux ,
Je leur ai pardonné d'avance.

A UN AMI

SUR mon déménagement.

AMI, je quitte ma barriere, *
Mes tilleuls & mes tourtereaux :
Pas encore affez loin des Sots,
Je l'étois trop de ma Glicere.
Qu'ai-je befoin, fur mon chemin,
De gazons, d'arbres véritables ?
Je voyage au pays dés Fables ;
Et leur empire eft mon jardin.
De la baguette poëtique
Ne connois-tu pas le fecret ?
Je puis d'un feul coup de fifflet
Enfanter un monde magique.
Bois de myrthe & de ferpolet,
Labyrinthes, fraîches cafcades,
Dais de fleurs, vertes paliffades,
Voûte odorante d'un bofquet,
Appareil brillant d'une fête,
Groupe d'Amours, folâtres jeux,
Tout cela, dès que je le veux,
Sort tout arrangé de ma tête.
Mais apprends quel eft mon deftin ;
Sur moi la Providence enfin,
Si dans fes décrets j'ofe lire,
Paroît avoir quelque deffein,
Et femble en fecret me conduire
Pour avant-goût de fes faveurs,

* La Barriere de Seve.

Je vais occuper la cellule
D'un de ces pieux Directeurs,
Toujours hériffés de fcrupule,
De pénitence & de rigueurs,
Le tout pour le bien des pécheurs :
D'un de ces Mortels refpectables
Qui, de leur pleine autorité,
Peuvent donner à tous les Diables
Un pauvre mondain entêté.
De ces illufions damnables
Qui font notre félicité.
   Du faint Homme ignorant l'abfence,
Ses Pénitentes quelque jour,
De leurs meffages tour-à-tour
Gratifieront ma Révérence :
En échange du Paradis,
On m'enverra pâtes fucrées,
Longues ceintures bien moirées,
Petits rabats, flottans furplis,
Fourrure, hermine doctorale,
De bon chocolat de fanté,
Et force liqueur poctorale,
Pour les cas de néceffité.
Que fçait-on ? Dévotes jolies
Peut-être viendront les matins
Deffous leurs voiles clandeftins
M'entretenir de leurs folies :
D'une foutane empaqueté
Je rirai bien de leurs détreffes,
En voyant leur timidité
Offrir à ma févérité
Le buletin de leurs foibleffes. *

* *Cette petite Pice ne doit étre regardée que*
comme un délire d'imagination, abfolument fans
conféquence. C'eft ainfi que Boileeu s'eft permis dans

L'abſolution avec moi
Sera le prix de la figure,
Vieilles ou laides, je t'aſſure,
N'ont à mes yeux ni foi, ni loi,
Et de qui ſçait plaire, je croi,
La conſcience eſt toujours pure.
Directeur de mon encolure
Aux attraits donnera beau jeu :
Comment pourroient offenſer Dieu
Celles qui parent la Nature ?
Ma foi, ce dogme eſt triomphant :
Mais je vais, hôte moins auſtere,
Rajeunir de mon Presbytere
L'apoſtolique ameublement.
Déjà Tibulle a pris la caze
Qui logeoit l'ancien Teſtament :
Catulle faiſit promptement
L'ami d'un vieux S. Athanaſe ;
un Saint Paul tout rongé des rats,
A Virgile céde ſa place,
Et la Somme de Saint Thomas
Fuit devant le badin Horace.
Ovide expulſe un Saint Juſtin,
Chaulieu chaſſe un Saint Epiphane ;
Et Voltaire qui ſe pavane
Fait déſerter Saint Auguſtin. *
Les Suaires, les ſaintes Faces
Sont remplacés par ces tableaux,
Où les jeux tirent les rideaux

une de ſes Satyres quelques plaiſanteries ſur les Directeurs, quoique pénétré de reſpect pour les fonctions
de leur état.

* Un homme du monde peut être plein de véné-
ration pour ces grands Porſonnages, ſans les avoir
dans ſa Bibliotheque.

Qui nous cachoient le fein des Graces :
Au lieu de ces affreux autels ,
De ces buchers du Fanatifme ,
Qu'éteint le vrai Chriftianifme
Avare du fang des Mortels ,
On y verra de frais ombrages ,
Des lits de gazon , de beaux jours ,
Et tout ce qui rappelle aux Sages
La religion des amours.
   ICI la belle Cythérée
Sort de fon berceau tranfparent ,
Et de fes Nymphes entourée
Sourit au Ciel pur qui l'attend.
Plus loin , autour d'un col d'albâtre
S'entrelace un Cigne amoureux ;
Douce image d'un Dieu folâtre ,
Qui fe cache , pour aimer mieux.
De la Nymphe il fe rend le maître ,
Et , dans fes amoureux élans ,
Éparpille fes lys brûlans
Sur les rofes qu'il a fait naître.....
   MES Amis , mes confolateurs ,
Venez tous dans mon hermitage :
Allons , qu'on apporte des fleurs :
Buvons frais : à l'Amour volage
Demandons encor des erreurs ;
Et , toujours exempts de nuage ,
Si le plaifir eft dans nos cœurs ,
Que notre front en foit l'image.

BELZEBUT
A L'AUTEUR
DE LA PUCELLE. *

O MON cher fils, ô moitié de moi-même,
Que je choisis pour remplir mes desseins,
A qui mon souffle inspira l'art suprême,
L'art de charmer, de damner les humains ;
Sur un fourneau qu'on t'a chauffé d'avance,
En traits de feu je te trace ces vers,
A toi le diable, & le dieu de la France,
Moi BELZÉBUT, l'Apollon des Enfers.
    DÉJA l'ardente & prompte Renommée,
M'entretenoit d'un Poëme enchanteur,
Dont gémissoit l'innocence allarmée.
Sur cela seul je devinai l'Auteur.
A mes transports mon cœur ne put suffire ;
Je fis soudain élargir mon Palais :
Je sçais, Ami, le pouvoir de ta lyre ;
Un de tes Vers me fait mille Sujets ;
Les Médecins, la Peste & les Anglais,
Moins que ta plume, ont peuplé mon Empire.
    UNE ombre enfin, un phantôme fourré,
Docteur profond, des Mortels révéré,
Mais préférant la Pucelle au Breviaire,
Apporte ici l'infernal exemplaire.

* Ce badinage courut manuscrit, avant que la
Pucelle fût imprimée. Il est antérieur à toutes les
Epîtres dans ce genre, qui parurent il y a quelques
années.

Nous courons tous vers le vieux Réprouvé :
On l'interroge , on voltige , on s'empreſſe ;
Entre nos bras doucement ſoulevé ,
Le livrè en main , il ſurmonte la preſſe.
Vous étiez là , vous charmants ſéduƈteurs
Dont l'immortelle & brillante malice
Se perpétue & vit dans tous les cœurs ,
De l'Univers folâtres corrupteurs ;
Chers criminels , dont je ſuis le complice ,
Vous , *Martial* , *Ovide* , *Anacréon* ,
Chaulieu , *Grécourt* , toi l'ami de *Mécene*
Toi , tendre Muſe , amante de *Phaon* ;
Toi libertin & joyeux *la Fontaine*.
Parmi les feux , dont je ſuis dévoré ,
Je diſtinguois à leur œillade impure ,
Tant de Héros , dont le goût illuſtré
Au Peuple vil a laiſſé la nature ,
Qui ſe ſont fait un amour à leur gré ;
Et , dédaignant la vulgaire tendreſſe ,
Dans des réduits au profane inconnus
Dignes rivaux des Sages de la Grece ,
Ont tranſporté le trône de Vénus.
  DÉs que je vis cette foule aſſemblée
Tous gens choiſis , tous arbitres experts ,
Je fis ceſſer leur clameur redoublée ,
L'Enfer ſe tut pour écouter tes vers :
Et dans le temps que notre Ombre en fourure ,
A haute voix nous en fit la leƈture ;
Moi-même , ému de tes portraits laſcifs
Je crus ſentir, plein d'une aimable ivreſſe ,
Un air plus doux & mes charbons moins vifs :
De tes accords l'harmonieuſe adreſſe ,
Humaniſa ma ſombre auſtérité ,
Et ſur mon front , ſiege de la triſteſſe ,
On vit , dit-on , briller la volupté.
Mais que ce chant a de ſorce & de charmes ;

Où du Ténare, égayant le tableau ,
Tu peins les Ris dans le féjour des larmes ,
Et les plaifirs dans le fein du tombeau !
Où détrompant le crédule Vulgaire ,
Ta main hardie ofe offrir à fes yeux ,
Tant de damnés qu'on fête fur la Terre
Foule d'Élus , qui hurlent dans ces lieux.

MALGRÉ leurs cris , de concert on admire :
» Ah ! ciel ! quel feu ! quelle lubricité
» Difoit *Sapho* , dans fes vers je refpire !
» Quel naturel , quelle légéreté ,
» Difoit *Grecourt* , quelle fine fatyre !
Seul dans un coin *la Fontaine* enchanté ,
Se déroboit , pour éclater de rire.
» Non difoit-il , je n'ai pas mieux conté.

A SYPHILIS. *

J'EXAMINOIS hier au foir
Ton œil mutin , ton air folâtre ;
Et j'ai jugé par le théatre ,
De tes talens pour le boudoir.
Me voilà pris , ou Dieu me damne ,
Ta voix fi douce , tes attraits ,
Et ta mine toute profane ,
M'ont mis au rang de tes Sujets.
Ne crains point que louangeur fade ,
Me récriant fur tes appas ,
J'aille dans des vers de parade
Te donner ce que tu n'as pas.
Ce n'eft point l'allure orgueilleufe

* *Aɛtrice de l'Opéra.*

De l'altiere & vaine Junon,
Ni la pudeur très-fabuleuſe
De l'Amante d'Endymion ;
Tu n'es, je le dis ſans façon,
Pudique ni majeſtueuſe.
Mais l'Amour qui par toi ſoutient
L'aimable empire de ſa mere,
Des charmes ſeul dépoſitaire,
T'en a donné ce qu'il en tient
Dans le corſet d'une Bergere.
Tes yeux ſont deux foyers ardens
Où j'ai failli brûler mes aîles,
Et d'où partent mille étincelles
Sur le ſalpêtre de mes ſens.
Près de toi vole le caprice,
Qui, moitié fou, moitié chagrin,
Tient des papillons à la main,
Et te pourſuit dans la couliſſe :
Viennent après l'air enfantin,
Les fauſſetés, au front ſerein,
Faveurs d'épines couronnées,
Tout l'attirail du Dieu malin,
Quand il va faire ſes tournées
Pour déſoler le genre humain.
Sur des tapis de fleurs brillantes,
On voit ſur-tout à tes côtés,
Jouer, ſous cent formes changeantes,
L'eſſain des infidélités.
Que j'aime en toi ces perfidies,
Ce joyeux oubli des ſermens,
Et ces aimables ſingeries,
Qu'on prendroit pour des ſentimens.
Avec quel art tu dois ſéduire
L'Amant dans tes fers arrêté !
Que de tourmens ſous ton empire
Rajeuniſſent la volupté !

ADMETS-MOI dans la confidence ;
Chaffe ces froids adorateurs
Imbibés d'ambre & d'arrogance,
Ce groupe de petits Seigneurs,
Qui de l'Amour ont les fadeurs,
Sans en avoir la confiftence ;
Qui par-tout avec impudence
Vont traînaffant leur nullité,
Et dont la ftérile infolence
Trompe l'efpoir de la beauté.
Je me conduis avec décence,
De fon printemps on fçait ufer ;
On fçait auffi temporifer,
Et, réprimant l'effervefcence,
Prolonger une jouiffance ♠
Ne pouvant pas l'éternifer.

SI pourtant mon Enchantereffe
Donne une nuit à mes fouhaits ,
Nuit plus amoureufe jamais
N'aura fignalé ma tendreffe.
Tantôt je croirai dans mes bras
Des fleurs enchaîner la Déeffe ,
Et certes je ne prétends pas
Que Zéphir me paffe en ivreffe.
Tantôt pour foutenir mon feu ,
Tu feras la belle Pomone ;
Et fi je me connois un peu ,
Vertumne n'a rien qui m'étonne ;
Pyrame aux genoux de Thisbé ,
Bacchus dans les bras d'Erigone ,
Hercule fur le fein d'Hébé ,
Je ne veux pas qu'à ma couronne
Un feul fleuron foit dérobé.
Prends-tu la forme d'une Mufe ?
Je prends les fleches d'Apollon :
Pour Sapho je deviens Phaon ,

Et Fleuve enfin pour Aréthufe.
Ivre de mes félicités,
Fidele aux céleftes ufages,
Je veux égaler mes hommages
Au nombre des Divinités.

 CET orgueil eft d'un bel exemple ;
Mais je fais mes conventions,
Ferme-moi les portes du Temple,
S'il faut payer mes oraifons.
Un baifer dont on fait l'emplette,
Ne rend pas l'Amant fortuné,
Sans prix, alors qu'il eft donné,
Et moins que rien dès qu'on l'achete,
Ne va point te décourager,
Il ne me faut qu'une huitaine,
Et, dès ta premiere migraine,
Je te promets de déloger,
De planter là ma Souveraine.
J'ai des mœurs : pour te raffurer,
S'il te vient dans cette occurrence,
Quelque Traitant à dévorer,
Quelque Alteffe ou quelque Excellence;
Si, las de bailler à grands frais,
Un Politique Mifantrope
Pour toi fait trêve à fes projets,
Sort de fa lugubre enveloppe,
Et fur deux tetons déformais
Laiffer dormir les intérêts
Et la balance de l'Europe ;
Vû le befoin de t'occuper,
L'habitude de ces myfteres,
Ces graves Sots qu'il faut duper,
Et tous, fuivant leurs caraĉteres,
Je te permets de me tromper,
Et de vaquer à tes affaires.

 ADIEU, je ne dis pas mon nom,

Jeune Syphilis, quand on aime,
Il faut de la discrétion ;
Je ferai ce soir au balcon,
L'œil triste, le visage blême ;
Pour mieux jouer la passion.
Si ta nuit n'est point retenue,
Et que tu goutes ma pâleur :
Dans tes beaux yeux, Nymphe ingénue,
Mets le signal de mon bonheur.
Mais si tu combles mon martyre,
Si ta rigueur vient m'accabler,
Permets-moi quelqu'éclat de rire,
Pour m'aider à me consoler.

A ROSIRE.

CHASSÉ deux fois ; c'est trop, friponne,
Quoique je m'attende à tes jeux,
Ce nouveau caprice m'étonne :
Je suis indigné, furieux,
Et cependant je te pardonne.
Ce sont les droits de la beauté :
Du Benêt qu'elle a maltraité
Elle obtient encor les hommages ;
Nous autres Sots soi-disant Sages
Ainsi l'avons-nous arrêté.
Mais ton Argus que Dieu confonde,
Qu'on voit sans cesse autour de toi,
Frémir, tousser, faire la ronde,
Ce Dragon armé contre moi,
Qu'un rien aigrit, qu'un rien allarme,
Et qui n'est prompt qu'à soupçonner :
Je ne lui connois point de charme

Qui m'invite à lui pardonner.
Permets qu'au moins je m'en amufe;
J'ai mon congé, c'eft mon excufe.
D'autres iroient fe lamentant,
Te reprochant tes injuftices :
Pour moi, de tes jolis caprices
Je me confole en plaifantant.
Dis-moi donc : qu'eft-ce que demande
Ce vieux Boftangi des Amours ?
Dois-tu trembler, quand il commande,
Et lui prodiguer tes beaux jours ?
Donne-t-on des chaînes à Flore ?
Elle éparpille fur fes pas
Les rofes qui viennent d'éclore :
Un feul ne s'en couronne pas.
La jeune & brillante Immortelle,
Dans les champs qu'elle a fait fleurir,
S'envole où le defir l'appelle,
Et court fouvent après Zéphir,
Comme Zéphir court après elle
Peux-tu recevoir dans tes bras,
Toi, Rofire, toi fraîche & belle,
Ce décrépit, ce lourd Midas,
Que tu trouve toujours rebelle
A l'aiguillon de tes appas ?
Qui, pour t'outrager fe tourmente,
Ofe unir l'hyver au printemps,
Et fur ta bouche de vingt ans
Imprime un baifer de foixante ?
Je crois voir ce Cyclope affeux
Ce forgeron atrabilaire,
Qui de fes antres ténébreux,
Tout en boîtant vient à Cythere
Attrifter les ris & les jeux,
De Vénus falir la ceinture,
Effaroucher la volupté,

Et fouiller le lit de verdure
Qui fert de trône à la beauté.
Ah ! ramene enfin fur tes traces
Et la folie & l'agrément.
Allons , Rofire , au nom des Graces ,
Chaffe-nous ce froid Surveillant :
Qu'en veux-tu faire , je te prie ?
Je fçai bien qu'il eft opulent :
Eh ? n'es-tu point jeune & jolie ?
C'eft à-peu-près l'équivalent.
Ta voix , ta voix enchantereffe ,
Dont les accens victorieux
Au fond des cœurs portent l'ivreffe ,
La langueur , le trouble & les feux ,
Ta taille élégante & légere ,
Ton œil fripon , le don de plaire
Qu'à la beauté l'Amour préfére ,
Mille talens voluptueux ;
Quelques grains de libertinage ,
Tes foibleffes & nos defirs ,
Crois-moi , voilà ton héritage :
Enrichis-toi par tes plaifirs.

UN SÉMINARISTE

A un Homme du monde, sur l'Enterrement *
de Mlle CAM ***

Honneur à la Philofophie !
Applaudis-toi , mon cher Mondain ,
Notre Morale radoucie
N'effraira plus le genre humain.
Le jour renaît ; l'Eglife même ,
Grace à fes Pafteurs éclairés ,
Ne s'arme plus de l'anathême ,
N'a plus de ces Tyrans facrés ,
De ces Alguafils en aube ,
Qui damnoient la moitié du globe ,
Et vouloient en être adorés.
Enfin ces mortelles aimables
Qui fçavent charmer nos loifirs ,
Et fur la Scene par des Fables
Nous donnent de fi vrais plaifirs ;
Ces Sirenes enchantereffes
Trouveront des Juges plus doux.
Heureux , fi leurs tendres foibleffes
Pouvoient arriver jufqu'à nous !
Le Ciel m'entende & me béniffe !
Quoiqu'il arrive en attendant
Nous le Clergé de Saint ...
Et le Curé notre complice ,
Venons très-folemnellement
D'inhumer une jeune aftrice :
Ses confreres menoient le deuil ,

----

* *Aftrice de la Comédie Françoife.*

J'ai vu les Enfans de Thalie ,
Les Eleves de la Folie
Sanglotter autour d'un cercueil :
Moi de qui l'ame est assez bonne ,
Je m'attendrissois *in petto ;*
Et je pleurois *incognito* ,
Pour ne scandaliser personne.
J'avois tort. La divin rochet ,
Aussi respecté , moins terrible ,
Ne défend plus d'être sensible ,
Et c'est en vérité bien fait.
Tu méritas , belle Cam ***
Ce funebre & dernier honneur :
Tes grands yeux noirs pleins de candeur ,
Ta vertu franche & point farouche ,
Vivront à jamais dans mon cœur.
Que dis-je ? dans mon hermitage ,
Je veux , à l'ombre d'un berceau ,
Pour éterniser mon hommage ,
T'ériger moi-même un tombeau.
On y verra sur le porphire
Des Archanges bien rebondis
Flatter Saint Pierre , lui sourire ,
Et lui voler pour t'introduire ,
Une des clefs du Paradis.
Qu'entends-je ? la cloche qui sonne
Me force , Ami, de te quitter :
Il faut que j'aille méditer :
Mon Directeur ainsi l'ordonne.
Adieu ; me voilà recueilli ,
Les yeux baissés , la bouche close ;
Mais si je rêve à quelque chose ,
Dieu sçait que ce n'est pas à lui.

✳

LE MOUPHTI
A THÉODON,

Actrice Turque qui vouloit se convertir.

HONNEUR de la Scene tragique,
O très-sublime Théodon *,
Tes craintes , ta conversion
Et ton scrupule canonique
Font ici retentir ton nom.
De l'hiérarchie Ottomane
C'est le Protecteur révéré,
Ce Pontife , ce Chef sacré
Qu'adore la Cour Musulmane ;
C'est enfin, pour te parler net,
Le Vicaire de Mahomet ,
Qui t'écrit & qui te condamne ,
Quoiqu'il admire ton projet,
Malgré tous leurs dogmes austeres
Par fois les Mouphtis sont galans :
Témoins mes illustres Confreres ,
Qui près des Belles de leurs temps ,
Meritoient , Pasteurs indulgens ,
Quelques faveurs particulieres.

---

* *On lit dans une Relation nouvelle , qu'il s'est
établi depuis peu à Constantinople une Troupe de Comédiens qui font tourner la tête aux Bachas , aux
Janissaires , aux Mouphtis , aux Eunuques même ,
enfin à tous les gens de goût de ce pays-là. Théodon
est à-peu-près pour eux ce qu'est Mlle Clairon pour
nous.*

Je fuis leurs exemples brillans ;
Et ma Sainteté radoucie ,
Sans fafte , fans hypocrifie ,
Baiffe fouvent un œil d'envie
Sur les graces & les talens
Que l'Alcoran excommunie.
J'aime affez tes nobles loifirs ;
Je les préfére aux miens peut-être ;
Un Mouphti défend les plaifirs ;
C'eft Théodon qui les fait naître.
Mais je veux , tendre Citoyenne,
Rétablir aujourd'hui tes droits :
L'Anathême expire à ta voix :
Que nul remord ne te retienne ;
Les grands talens forcent la loi :
On n'eft profane ni payenne,
Quand on déclame comme toi.
Sur-tout dans l'ardeur qui t'entraîne ,
Par un faux zele ne va pas ,
Abjurant l'Amour & la Scene ,
A la plaintive Melpomene
Ravir fes funebres appas ;
Tromper les vœux de ta patrie ,
Et confacrer loin de fes yeux
A la traînante Pfalmodie
De nos Cantiques langoureux ,
L'organe enflammé du génie.
Oui , le Théatre déformais
Des mœurs va devenir l'école :
Le Mouphti qui n'erre jamais ,
Doit être cru fur fa parole.
Je ne fuis point fi fcrupuleux ;
Ma fainteté te rend les armes,
O Théodon , & j'aime mieux
Une Actrice qui par fes larmes
Prête aux vertus de nouveaux charmes,

Aux paffions de nouveaux feux,
Qu'une Sultane favorite
Qui, fiere d'un fi trifte honneur,
Sur le lit pompeux qu'elle habite,
Berce mollement fa langueur,
A grands frais en vain follicite
Les fens éteints du Grand-Seigneur,
Et, dans cette horrible détreffe,
N'a pour hâter le vol du temps,
Et cocufier Sa Hauteffe,
Que des Noirs ou des impuiffans.

NE crains donc rien, je le répéte;
Ma voix ouvre ou ferme les Cieux:
Nous te ferons, faute de mieux,
Entrer par la porte fecrette
Dans cette paifible retraite
Où bâillent tous nos Bienheureux. *
Que dis-je? Refte fur la Terre:
Dédaigne du fein des plaifirs
Les Imans qui te font la guerre,
Et les clameurs de nos Faquirs.
Je damnerai leur foule immonde.
Pour toi, fois fûre d'un foutien;
Je te protége, te feconde,
Et ne veux te refufer rien,
Qu'un paffe-port pour l'autre Monde.

* *La continuité du plaifir peut amener enfin le
dégoût & l'ennui.*

A M. LE COMTE DE ✱✱✱.

HÉ bien mon aimable Exilé,
Que fais-tu dans ta folitude ?
Les réflexions & l'étude
T'auront fans doute confolé.
La Raifon orgueilleufe & libre,
Dans une tour, fous des lambris,
Garde toujours fon équilibre :
On penfe à Metz comme à Paris.
Eh ! vraiment, je t'en félicite ;
C'eft un droit dont je fais grand cas :
Que de Sots, tu le fais, hélas !
Qu'un fi beau privilege irrite,
Voudroient bien qu'on ne penfât pas !
Mais, dis-moi donc : par quel fcrupule
Dans un difcours affez fubtil
Monfieur de ✱ ✱ ✱ défend-t-il,
Que dans Paris on inocule ?
A Londre on inocule auffi ;
Et l'on n'eft pas plus ridicule
A Londre qu'on ne l'eft ici.
De Gatti la recette eft bonne ;
Du moins, je l'ai toujours penfé.
Pourquoi confulter la Sorbonne,
Quand la Nature a prononcé ?
Mon ignorance eft bien profonde ;
Mais il eft, je crois, très-prouvé,
Qu'une recette utile au Monde
Ne peut être un cas réfervé.
On auroit beau leur citer Londre,
Cher Comte, c'eft perdre fon temps,

Et

Et gratuitement fe morfondre ;
Ils n'en font pas plus indulgens :
Et puis , le moyen de confondre.
Ces Mortels , ces Juges puiſans ,
Qui vous emprifonnent les gens
Long-temps avant de leur répondre !
Laiſſons ces difcours dangereux ,
Ton exemple m'ouvre les yeux :
A mon babil trop téméraire
Je ne veux pas être immolé ;
Souvent , pour avoir trop parlé ,
On eſt des fiecles à fe taire.
Jaſons & de vers & d'amours :
Cenſurons la Cour de Cythere ;
C'eſt un droit que l'on eut toujours :
Pour l'autre , il faut qu'on la révére.
   M A I S , quoi ! les amours envolés
Loin de Paris font tous encore :
Les uns , dans les bois de Saint-Maure
Par Caſſini font rappellés :
Auprès d'une Ducheſſe aimable ,
D'autres accourent vers Chilli ;
Et leur cortege eſt innombrable
Dans les boſquets de Chantilli.
Fuyant cette foule importune ,
Les autres t'ont voué leur foi ,
Et compagnons de ta fortune ,
Sans doute font prifon commune ,
Et font en exil avec toi.
Enfin , cher Comte , il ne nous reſte
Que quelques Anglois défœuvrés ,
De leur vilain *Splin* dévorés ,
Et très-ennuyeux , je l'atteſte ,
Quoique par moi très-révérés ;
Qui , dans leurs ténébreux caprices ,
Prodiguant l'or pour être heureux ,

Partie IV.   F

Vont baragouinant leurs feux
Aux Majeftés de nos couliffes.
Va croi-moi, ne regrette rien :
Pardon ; j'oubliois ta maîtreffe ;
C'eft quelque chofe, & je convien
Qu'il péfe à la délicateffe
D'être enfermé dans une tour,
Tandis que par le monde on laiffe
Courir l'objet de fon amour.
Peut-être de jaloufes flammes
Agitent tes fens défolés ;
Entre nous, ces maudites Femmes
N'ont point pitié des Exilés.
Raffure-toi, Comte, je gage
Que ton effroi fera déçu :
L'exil eft affez pour un Sage ;
Ce feroit trop d'être cocu.
Si cependant par un caprice,
Tu devois l'être quelque jour ;
Si ta Belle te fait ce tour
Et cette cruelle injuftice,
Je demande au grand Dieu d'Amour,
Que ce foit moi qu'elle choififfe.

A M. LE COMTE DE ✳✳✳

*QUI me demandoit des Vers, de Lille-Adam
où il étoit pendant la Semaine-Sainte.*

EH ! que pourrois-je vous écrire ,
D'un séjour triste & pénitent,
Où l'Amour sous un crêpe expire
Dans l'effroi du jour qu'on attend ;
Et n'ose parler ni sourire ;
Où de la grace enfin touchés ,
Nous allons aux pieds de Apôtres
Purger nos cœurs des vieux péchés ,
Afin de faire place à d'autres ;
Où l'infatiguable Gelin
Du Louvre fait mugir le dôme
Par son organe souterrain ;
Où Muguet au timbre argentin ,
En roulades habille un Pseaume ,
Et nous persécute en Latin.
C'est à vous , c'est à votre Muse
Qu'il faudroit demander des vers.
Quels vastes champs vous sont ouverts !
On écrit bien où l'on s'amuse.
Peignez-nous ce Mortel charmant ,
Qui tour-à-tour est de la France
Et le soutien & l'ornement ;
Qui sçait garder en s'amusant ,
Le *decorum* de la naissance ;
Qui faisant déserter Paris
A l'essain brillant de nos Femmes ;
Nous enleve toutes ces Dames ,
Et nous laisse tous leurs maris.
De ces jeunes Enchanteresses

F 2

Craïonnez les riants portraits :
Célébrez tout haut leurs attraits ;
Parlez tout bas de leurs foiblesses ;
Point du tout, si vous l'aimez mieux.
En amour un peu de mystere
Sied bien, disoient nos bons Aïeux,
Et je vous crois assez heureux,
Pour être obligé de vous taire.

A UNE ACTRICE TRAGIQUE

SUR de mauvais vers.

JE plains les Belles & les Rois
De s'ennuyer par complaisance :
Mais la Poésie a ses loix ;
Et dans ce siecle un de ses droits
Est d'assoupir ceux qu'elle encense.
Quel supplice ! quel embarras,
D'avoir des talens & des charmes ;
Dites un mot, faites un pas,
Voilà cent Muses sous les armes !
Plus de trêve, plus de loisir,
De toutes parts on vous accable :
Et la louange impitoyable
Vous suit même au sein du plaisir.
Mais que veux-tu ? lorsque tes larmes
Vont porter au fond de nos cœurs
Le trouble, les tendres allarmes,
Et d'intéressantes douleurs :
Ou lorsqu'on te voit plus humaine,
Folle & sensible tour-à-tour,
Quitter la pompe de la Scene,
Et le poignard de Melpomene,
De peur d'essaroucher l'amour ;

Alors le moyen de se taire,
Et de ne pas te répéter
La Kyrielle somnifere
Que l'on te force d'écouter.
Tu peux cependant t'y souftraire ;
Immole-toi , cesse de plaire ,
On cessera de te chanter.

A ÉGLÉ,

SUR de faux bruits.

EH quoi ! tes yeux versent des larmes !
Jeune Églé , calme ta douleur.
Pour faire cesser tes allarmes ,
    Tu n'as qu'à rentrer dans ton cœur.
Ton cœur est pur, qu'il te serve d'asyle :
Ris de ces plats Oisifs colportant par la Ville ;
Les mensonges courans & tous les sots discours :
De ces méchans obscurs le rage est inutile :
    Et n'atteint point au trône des amours.
    Ris bien sur-tout de ces tristes Femelles
Qu'inspire le dépit , que l'âge rend cruelles ;
Qui , rappellant en vain de transfuges attraits ,
En de plus jeunes mains ont vu passer leurs armes ;
    Et dont l'orgueil révolté pour jamais
Croit voir un ennemi dans chacun de tes charmes.
Elles font leur métier ; je conçois leur chagrin.
Tout se fane à leurs yeux; pour toi tout vient d'éclorg;
        Elles vengent sur ton aurore
        Le vuide affreux de leur déclin ;
Cybéle dans les Cieux est jalouse de Flore.
        Juge-toi ; tu n'as pas vingt ans ;
    Les ris badins ont tressé ta couronne,
        Aux graces tu joins les talens ;
                        X 3

Et tu veux que l'on te pardonne ?
Mais d'où viens-tu ? Qu'eſt-ce que tu prétends ?
A tant de charmes différens
Le Monde ne pardonne guere :
C'eſt un grand tort que de lui plaire :
Prends patience, & laiſſe faire au temps.
Quand la Nature eſt plus fraiche & plus belle ;
Dans nos jardins lorſque tout rajeunit,
Des Frelons importuns l'eſſain ſe renouvelle,
Et, dès que la roſe fleurit,
L'Inſecte naît & rampe à côté d'elle.

LE CONGÉ.

DE quel poids on eſt ſoulagé
Lorſque l'on perd une maîtreſſe !
Enfin, Ami, le charme ceſſe ;
Je ſuis heureux, j'ai mon congé.
Tout m'amuſe rien ne me lie ;
Il faut pourtant en convenir,
Laïs eſt jeune, elle eſt jolie ;
C'eſt pour cela que je l'oublie ;
On riſque à s'en reſſouvenir.
Que je hais ce front où reſpire
L'intéreſſante volupté !
Cet art de tromper, de ſéduire,
Si ſemblable à la vérité ;
Et ſa folie & ſa gaîté,
Et les graces de ſon ſourire !
Que je dédaigne, que je hais
Sa longue & belle chevelure
Qui voltigeant ſur mille attraits
Leur ſert de voile ou de parure,
Son ſein qu'Amour ſçait embellir,

Qui frémit , s'éléve ou s'abaiſſe ,
Au moindre ſouffle du deſir ,
Où la roſe ſemble fleurir ;
Sous la bouche qui le careſſe ;
Ses caprices qui ſont des loix ,
Ce feu dont ſon œil étincelle ;
Et les ſons touchans de ſa voix ,
Qui jure une ardeur éternelle
A cinquante Amans à la fois !
Je la déteſte , je l'abhorre ;
Mais c'eſt trop m'en entretenir ;
Car , à force de la haïr ,
Je pourrois bien l'aimer encore.

A M. D····

Retiré à ſa campagne pour ſe livrer à
la Philoſophie.

O TOI, qui jeune encor as ſçu briſer tes chaînes,
  Que j'aimerois tes paiſibles loiſirs !
Nos réduits faſtueux, nos fatiguans plaiſirs
Valent-ils tes jardins , tes fleurs & tes fontaines ?
  Maître abſolu de ton deſtin ,
Dans le ſecret des bois , ſous l'épaiſſe verdure,
    Tu ſondes d'un œil plus certain
    Les myſteres de la Nature
    Et l'énigme du cœur humain.
C'en eſt donc fait ? Tu veux , loin de notre féerie ,
    T'ériger en Sage nouveau ,
  Des mains de Bayle arracher le flambeau
    Pour en éclairer ta patrie ,
  Et ſoulever le reſte du rideau

Qui couvre encor notre Philofophie?
Sans doute cet orgueil eft beau;
Mais que ta raifon s'en défie.
Sage naiffant, redoute les travers
Qui trop fouvent accompagnent ce titre ;
Tel des humains fe croit l'arbitre ;
Et n'eft qu'un dur cynique à charge à l'Univers
A travers ces faux jours diftingue la fageffe.
Conferve - lui fes véritables traits,
Elle avertit, confeille ou plaint notre foibleffe
Et nous inftruit, fans nous bleffer jamais.
Indulgente, facile, autant qu'elle eft fublime,
Par degrés fa lumiere entre au fond de nos cœurs ;
Elle ouvre le réfuge à côté de l'abyme,
Et fçait par des plaifirs remplacer nos erreurs.
Voilà fous quels dehors il faut qu'on la préfente,
Le génie eft un Dieu qui dompte les Mortels ;
C'eft la douceur qui les enchante,
Et l'homme bienfaifant eut les premiers autels,
Séme les vérités, fut-ce en un fol aride ;
Et n'en exige aucun retour :
Pourvu qu'on les recueille un jour ;
Ta gloire eft entiere & folide.
Enfonce-toi dans l'avenir,
Vois-y germer ta récompenfe,
Privé de tout, jouis par l'efpérance ;
Va, mériter le prix c'eft plus que l'obtenir.
Mais fi la Renommée aux bornes de ta vie,
Te furprenant au fond de tes bofquets,
Sous les lambris de nos Palais
Fait réfonner ton nom, & vante ton génie.
Sans doute alors & la haine & l'envie
De ta cabane affiégeront le feuil ;
Les poifons de la calomnie
Infe&eront tes jours au bord de ton cercueil,
Et voilà le moment de la Philofophie !

Il te faudra fuir tes perfécuteurs ,
   T'arracher à ton doux afyle ,
  Et chercher des hommes ailleurs
   Qui te pardonnent d'être utile.
Fuis , mais fur ton exil jette des yeux fereins ;
   On t'obferve , on va te connoître ;
  N'affiche point ces fuperbes chagrins
   Que tant de Sages font paroître ,
   Et qui les rabaiffent peut-être
   Au niveau des autres humains.
   N'affecte point un air fauvage ,
  Et que ton front prêt à s'épanouir ,
   Comme un ciel pur & fans nuage ,
  Peigne la paix qu'on voudroit te ravir :
Tel cet Aftre brillant , ame de la Nature ,
   Sera demain ce qu'il eft aujourd'hui ,
   Sans qu'il contracte la fouillure
Du globe infortuné qui roule autour de lui.
  L'amour du bien , voilà ta plus fure bouffole ;
Tourne autour de ce point , quels que foient tes
       fuccès ;
Laiffe s'évaporer le murmure frivole
Des Sots & des ingrats qu'on ne fléchit jamais ;
Et fi ton cœur eft pur , que lui feul te confole.
De la gloire fur-tout crains les trompeurs attraits ;
   Elle nous égare & s'envole.
C'eft un feu bienfaifant lorfqu'il eft réprimé :
   Alors il nourrit le courage ,
Alors il eft en nous par les Dieux allumé ,
Pour y développer les traits de leur image ,
Et pour rapprocher d'eux l'être qu'ils ont formé :
   Mais quand il franchit fa barriere ,
Ce n'eft plus qu'un volcan qui s'élance des monts ,
   Répand une affreufe lumiere ,
Embrafe les forêts , & détruit les moiffons.
   Il fut en Perfe un Mortel renommé ;
         F 5

Des rayons qu'elle adore en naiſſant animé.

Rival des Chantres d'Auſonie,

De leurs accens mélodieux

Il reſſuſcita l'harmonie.

Malgré les Mages orgueilleux ,

Il ſçut en l'éclairant conſoler ſa patrie ,

Eteignit les buchers , dompta la barbarie ,

De la Société reſſerra tous les nœuds :

En jardins toujours verds , en boſquets d'Idalie ,

Il transforma les ſentiers épineux

De l'aride Philoſophie ,

Célébra les héros & fit aimer les Dieux.

Tous les honneurs illuſtrerent ſa vie ,

Il eut tous les talens , & ne fut point heureux.

Cet inquiet élan , cette ardeur de la gloire

Empoiſonna les plus beaux de ſes jours ,

Raſſaſié d'encens , il deſira toujours ,

Et ne goûta jamais le prix de la victoire.

Ce phantôme brillant que précéde le bruit ,

S'aſſeyoit avec lui ſur le bord des fontaines ,

Le pourſuivoit dans le calme des plaines ,

Dans le fond des forêts , dans l'ombre de la nuit ;

Lui crioit à toute heure : écris, compoſe, veille ,

Joins des lauriers encore aux lauriers de la veille ;

Fixe par le travail le moment qui s'enfuit.

Redoute , Ami , ce cruel eſclavage.

Laiſſe diſtraire tes deſirs

A ces purs ſentimens, les délices du Sage ;

La gloire incertaine & volage

Avec de vrais tourmens n'a que de faux plaiſirs ;

Elle endurcit notre ame , & la veut ſans partage.

De cette paſſion le délire effréné

Reporte l'homme ſur lui-même ,

Et fait qu'un être infortuné

Ne voit rien hors de lui qu'il eſtime ou qu'il aime ,

D'une palme épineuſe eſclave couronné ,

Qui sous un pesant diadême,
Vit pour lui seul, & meurt abandonné,
De tes penchans conserve l'équilibre ;
Le Mortel le plus sage est toujours le plus libre.
Ne va pas, de toi-même ardent admirateur,
A la critique opposer la satyre,
Et, t'exerçant dans l'art de nuire,
Te faire un ennemi pour défendre une erreur.
Réprime de l'orgueil les fureurs intestines ;
Crains d'avilir le prix que tu veux remporter,
Et ne mets point ta gloire à semer des ruines
Autour du Trône où tu prétends monter.
Le Sage se dégrade au moment qu'il se venge ;
On vante son esprit aux dépens de son cœur ;
Le laurier qu'il dispute est traîné dans la fange,
Et ne fait qu'attester l'opprobre du vainqueur.
Lorsqu'Apollon, dépouillant sa parure,
De l'Olimpe exilé vint habiter les champs,
S'occupa-t-il pour venger son injure,
A brûler de Cérès les fertiles présens,
Et les fruits de l'Automne & les dons du Printemps ?
Rangés autour de lui sous l'ombrage d'un hêtre,
Les Bergers pour l'entendre oublioient leurs trou-
    peaux,
Et venoient applaudir à ses accents nouveaux
Dans un lycée agréable & champêtre.
Humain, sensible, généreux,
Il suspendoit leurs pénibles ouvrages ;
Il leur apprit l'art d'être sages,
Mais plus encor l'art d'être heureux.
Que ce tableau te serve de modele,
Sois l'ami des humains : qu'ils ne craignent jamais
L'aigreur de ton ame infidelle ;
Que tes écrits pour eux soient autant de bienfaits,
Et rival d'Apollon dans ton obscur asyle
Deviens un Dieu pour nous en devenant utile.

Respecte ces liens , de tout temps protégés ,
Politiques rigueurs , freins de la multitude ;
Ne l'abandonne point à son inquiétude ;
Elle perdroit ses mœurs perdant ses préjugés.
Le bien public sans doute a fondé nos usages :
Un Etat se maintient souvent par ses abus ;
   Supportons-les , quoiqu'ils nous soient connus ,
Et soyons Citoyens , avant que d'être sages ;
A des opinions préférons des vertus.
     Jetté sur la scene commune ,
     Sur cet immense & triste amas
De foiblesse , d'erreur , & sur-tout d'infortune ,
Le Sage céde aux loix qu'il ne changeroit pas.
Il révére le trône , il aime sa patrie ,
    Même en fût-il persécuté.
   Tout ce qui peut toucher l'humanité
   Trouve un accès dans son ame attendrie.
   Pour couronner ses tranquilles desirs ,
   L'amitié vient dans sa retraite ;
Ses jours sont des momens , son ame est satisfaite ;
La Nature est un temple orné pour ses plaisirs.
En vain la mer mugit , & la foudre étincelle ,
Ce ne sont point les vents , les frimats ténébreux ....
   Le crime seul rend l'Univers affreux ,
    Et la Nature est toujours belle ,
    Lorsque nos cœurs sont vertueux.
    Ah ! rapproché de ce que j'aime ,
    Quand pourrai-je , Ami , sur tes pas
   La méditer & jouir de moi-même !
Braver l'orgueil farouche & la grandeur suprême
Fuir les foibles amis , ou les amis ingrats ,
Ne plus flotter au gré d'une vaine espérance ,
A l'instant qu'elle fuit , saisir la volupté ,
Vivre enfin dans le calme & dans l'indépendance ,
Jusqu'à l'instant fatal par le Ciel arrêté ,
Où le rapide éclair d'une frêle existence
S'évanouit au sein de la Divinité.

PIECES

DÉTACHÉES,

BILLETS EN VERS,

ODES, STANCES, DIALOGUES, &c.

DIALOGUE

ENTRE THÉMIS ET L'AMOUR.

*A Madame la Ducheſſe de M. ſur un Procès qui
alloit être jugé.*

THÉMIS.

L'AMOUR dans mon Palais ! Bon Dieu ! qu'y
   vient-il faire ?
L'AMOUR.
Je viens , chaſte Thémis , pour te ſolliciter.
Ne va point t'aviſer de faire la ſévere ;
Et prends garde à l'Arrêt que ta voix va porter.
  Moi je n'ai lu ni Cujas ni Barthole :
  'Tous ces Meſſieurs ſont maudits par l'Amour.
  Tu peux en paix régenter ton école :
  Mais c'eſt de moi qu'il s'agit en ce jour.
Je veux avoir raiſon.
THÉMIS.
       Et quelle eſt ton affaire ?
L'AMOUR.
  Celle d'Eglé : ce n'eſt point un myſtere.
Nous confondons nos droits.
THÉMIS.
      Je m'en étois douté.
L'AMOUR.
Oui , ma Bonne ; oui ; de moi c'eſt elle qui diſpoſe ;

Et l'Amour eſt toujours en cauſe ,
Quand il s'agit de la beauté.
Mais finiſſons ; parle enfin & prononce :
Sur-tout dans un fatras de mots ſententieux ,
Comme certains Bavards , Oracles de ces lieux ,
N'enveloppe point ta réponſe.
Juge en riant , ce fera beaucoup mieux.

THÉMIS.

Quel étourdi ! va , va , la brigue eſt inutile.
De bonne foi , te ſerois-tu flatté
Qu'à tes conſeils tu me rendrois docile ?
Je ne connois de Dieu que l'équité.
Mon bel Enfant ; gémis , verſe des larmes ;
D'Eglé je peſerai les droits :
Je n'aurai point d'yeux pour ſes charmes.
Thémis eſt inſenſible , auſſi bien que les loix.

L'AMOUR.

Pédante ! & que me font tes loix & leur chimere ?
Eſt-il des loix contre l'Amour ?
En eſt-il contre l'art de plaire ?
Il eſt vrai qu'on l'ignore en ce triſte ſéjour.

THÉMIS.

Songes-tu bien qu'ici tu n'es point à Cythere ?
Je puis , Monſieur le Dieu , vous faire décreter.

L'AMOUR.

Décreter moi ! la menace eſt légere.
Penſes-tu donc m'épouvanter ?
La Loi ſe traîne , & l'Amour vole.
Au même inſtant , c'eſt ce qui me conſole ,
Je puis te fuir , & toi, tu ne peux m'arrêter.
Tremble à ton tour au ſein de ton empire :
Si tu ne réponds à mes vœux ,
J'y répandrai le trouble & le délire.
Tous tes Miniſtres ennuyeux
Seront autant de fous qui plaindront leur martyre :
Ta Cour réſonnera de ſoupirs amoureux ,

· Je lancerai dans ma fureur nouvelle
Tous mes brandons fur la Sainte Chapelle ;
Je tournerai la tête à ton grave Sénat ,
Plus de Loix, plus de Code , & plus de Protocole ;
  Toi-même je te rendrai folle
  De quelque benêt d'Avocat.
    T H É M I S.
Tu me fais peur au moins.
    L'A M O U R.
      Allons ; fois-moi propice :
L'Amour fçait fe venger ; tu connois fon pouvoir.
  Va , m'obéir eft un devoir :
 Un Dieu peut-il vouloir une injuftice ?
Regarde ... Églé vers toi porte fes pas :
 Qu'on a des droits lorfqu'on a tant d'appas !
Tu parois incertaine , & ce délai m'offenfe :
 Il faut te tirer d'embarras.
Je vais juger ; mais n'en appelle pas :
Prends mon flambeau ; je tiendrai ta balance.

DIALOGUE

ENTRE MARS ET THALIE,

Recité un des jours du Carnaval, devant
M. le Duc de B...

THALIE, *riant.*

AH*!* ah ! la bonne Mafcarade ?
Mars eft-il fou ? comment un Mafque *!* un domino*!*
Tout l'attirail ! quelle eft cette boutade ?..

MARS.

Tais-toi, je fuis incognito.

THALIE.

L'incognito ! c'eft un plaifir bien fade,
Bien peu bruyant pour un Dieu fanfaron,
Qu'on ne peut égaïer qu'à grands coups de canon :
Mon pauvre Dieu, tu fais une trifte ambaffade :
Remonte au Ciel.

MARS.

Il eft trop ennuieux,
C'eft un féjour que je détefte ;
Depuis la paix fur-tout : plus d'encens, plus de
vœux.
Nous fommes là près du tapis célefte,
Quelques Sots défœuvrés qu'on appelle des Dieux,
Faifant un Wisk le plus morne des Jeux.
Vivent la difcorde & la guerre !
J'aime affez les fléaux, je me fens fait pour eux.
Du moins alors on trouve à fe diftraire :
On s'égorge, on s'exerce, & tout n'en va que
mieux.

THALIE.

Toujours charmant, toujours doux & paisible !
Tu me fais peur, au moins, avec tes passe-temps !
L'aimable Dieu ! les aimables penchans !
Vénus ne peut donc rien sur ton cœur inflexible ?

MARS.

Qui ? Vénus ! ne m'en parle pas :
Elle est, dit-on, toujours jeune & jolie ;
   Mais entre nous, belle Thalie,
   C'est une éternité d'appas
   Qui me fatigue & qui m'ennuie.
Je ne crois point à de pareils attraits :
   La plus féduifante Déeffe,
   Après quelques fiecles complets,
N'a pas trop bonne grace à vanter fa jeuneffe,
   Et c'est vieillir que ne changer jamais.
   D'ailleurs c'est bien, tu le fçais à peu près,
   La plus libertine immortelle
   Qui foit admife aux céleftes banquets.
C'est tous les jours quelque intrigue nouvelle.
Apperçoit-elle un jeune & frais Paftour,
   Ne voilà-t-il pas que Madame
Fait atteler fes pigeons par l'Amour,
Plante là tout l'Olimpe, &, promenant fa flâme,
   S'en va courir les bois & les vallons,
Arborer la houlette, & garder les moutons ?
   Tiens, fi tu veux, je deviens infidelle :
J'aime cet œil fripon où l'Amour étincelle
   Er que l'efprit vient embellir ;
J'aime ce joli nés trouffé pour le plaifir,
Ce fourire chamant, cette taille légere :
D'une Mufe jamais je n'ai pris de leçons ;
   Tu vas me donner la premiere.
   Oui, laiffe-moi te conter mes raifons,
   Et chiffonner ta fontange de lierre.
Mars en Amour vaut cinquante Apollons.

THALIE.

Mars en Amour ne me tenteroit guere ,
Et l'Amant des fléaux n'eft point du tout mon fait.

MARS.

Ventrebleu ! tu fais la févere :
Quelque Mortel fans doute a fçu te plaire ;
Car ces maudits humains ont trouvé le fecret
De fupplanter les Maîtres du Tonnerre ;
Et , par je ne fçais quel attrait,
S'en vont cocufiant jufqu'au Dieu de la guerre.
J'entre dans un courroux.

THALIE.

Il te fied tout-à-fait.

MARS.

Et quel eft cet Amant ?

THALIE.

Le voici trait pour trait.
Quand le devoir l'exige & que l'honneur l'ordonne ,
Comme un éclair il s'élance aux combats ,
Dévance le char de Bellonne ,
Et fait voler la terreur fur fes pas :
Mais dès que la retraite fonne
Il ouvre alors fon cœur aux amoureux defirs,
De peur d'effrayer les plaifirs
Il cache les lauriers qui forment fa couronne:
Protecteur de l'humanité ,
Compâtiffant , généreux & fenfible ,
Aux flatteurs feuls inacceffible ,
Même à la Cour il dit la vérité ;
Il admet l'amitié fidelle
Dans le fecret de fes vertus ,
Et boit la tocane avec elle
A la fanté de ceux qu'il a vaincus.

MARS.

Va, dès le premier mot j'ai fçu le reconnoître.
A mes côtés, dans les champs de l'honneur,

Mille fois je l'ai vu paroître,
Et difputer à Mars le prix de la valeur.
J'en euffe été jaloux, fi les Dieux pouvoient l'être ;
  Aux plus hardis il infpiroit l'effroi :
Non un fimple Mortel n'eft point fi redoutable ,
  B...eft brave comme moi.
      THALIE.
Ajoute , & cent fois plus aimable.

LA COLERE
DE L'AMOUR. *

L'AMOUR dans un bois écarté ,
  Fuioit les jeux & même la beauté ;
L'amitié vint , » mon frere , lui dit-elle ;
  » Eh ! pourquoi donc ce grand courroux ,
» Ce chagrin obftiné qui t'éloigne de nous ?
» De quels feux étrangers ton regard étincelle ?
» Eh ! qui peut t'irriter , » C'eft toi feule cruelle ;
» Reprit l'Amour, rens-moi ce que tu m'as volé ?
  » Rens-moi le cœur de l'infenfible Églé ?
  » Ce jeune Objet , dédaignant mes allarmes ,
» S'affoupit dans tes bras , y puife ta froideur !
    » Quoi ? L'ingrate me doit fes charmes ,
  » Et ne veut point me devoir fon bonheur !
» Eh ! bon Dieu doucement , lui répond la Déeffe ;
  » Tiens , contre moi je veux bien te fervir :
    » Le cœur que j'ai fçu te ravir .
    » Ne peut fe défendre fans ceffe ;

---

  * Cette efpece de Dialogue eft la fuite d'une con-
verfation , dans laquelle une jolie femme avoit pris
contre l'Amour , le parti de l'amitié.

» Mais apprends l'art de l'afservir,
Et procéde, une fois, avec délicatefse.
» Se peut-il qu'on adore un enfant redouté
» Qui ne veut être heureux que pour être infidelle;
» Qui fur fon triomphe, hélas! peu mérité,
   » Cherche une conquête nouvelle,
» Et rit, en s'envolant, des pleurs de la Beauté.
  » Dieu des Amans, fois aufsi leur modele
  » De fleurs en fleurs, laifse errer les Zéphirs.
  » Que déformais le paifible myftere,
  » En les voilant, rallume tes defirs;
   » Et ne mets plus toute la terre
   » Dans le fecret de tes plaifirs,
  L'AMOUR change à fon gré de ton & de langage,
Pour l'amitié je crains l'événement;
Il n'eft point de moyen qu'il ne mette en ufage:
  Et s'il ne peut réufsir autrement
   Il fera femblant d'être fage.

NARCISSE,
Imitation d'OVIDE.

AU fond d'une vallée une onde fugitive
Arrofoit le gazon qui tapifsoit fa rive.
Là jamais les Bergers ne menoient leurs troupeaux,
Rien ne troubloit jamais le criftal de fes flots,
Et des chênes voifins l'ombre fraîche & facrée
Aux rayons du Soleil en défendoit l'entrée.
Au retour de la Chafse, en ce riant féjour
Narcifse fatigué fuir la chaleur du jour;
Mais lorfqu'il veut calmer la foif qui le dévore,
Il fent naître une foif plus dévorante le encore.

A l'afpect imprévu de fa propre beauté,
Immobile & rêveur il demeure enchanté:
Il fe contemple, il brûle, étonné de lui-même,
Et prête un corps, hélas! à cette ombre qu'il aime.
Avidement panché vers ces bords trop flatteurs,
Il admire fes yeux embellis par fes pleurs,
Ces longs cheveux flottans dont il eft idolâtre;
Ce col plus éclatant & plus blanc que l'albâtre,
Cette noble pudeur & ce tendre incarnat
Qui des lys de fon teint anime encor l'éclat.
Se livrant par degrés au charme qui l'attire;
Il languit, il defire, & c'eft lui qu'il defire:
Il eft tout à la fois l'Amant, l'Objet aimé;
Et meurt d'un feu cruel par lui-même allumé.
Combien de fois, trompé par ces ondes perfides,
Leur donna-t-il en vain mille baifers avides?
Malheureux! il s'épuife eu efforts fuperflus;
Il vaudroit fe faifir, & ne fe trouve plus.
Il ne fait ce qu'il voit, mais ce qu'il voit l'enflâme;
Et l'erreur de fes yeux a paffé dans fon ame.
Infenfé! que fais-tu? quel objet te féduit?
Difparois, il n'eft plus: fuis de ces lieux; il fuit.
Le fommeil ni la faim n'interrompt fon ivreffe,
Il ne fçauroit quitter fon onde enchantereffe;
L'œil chargé de langueur, où brille encor l'efpoir,
Il favoure à longs traits le plaifir de fe voir,
Et fur l'herbe étendu, fe foulevant à peine,
Il adreffe ces mots à la forêt prochaine.
Solitude profonde, afyle ténébreux,
Où tant d'amans difcrets ont foupiré leurs feux;
Oui, j'en prends à témoin votre antique feuillage,
Depuis qu'à leurs fecrets vous prêtez votre ombrage,
Et que vous les cachez dans vos fombres détours,
Avez-vous jamais vu d'auffi trifles Amours!
Ce que j'aime fe peint dans ces flots trop fidelles;
Et fes charmes trompeurs font fugitifs comme elles;

Qu'eſt-ce donc qui m'arrête, au moment d'être
     heureux ?
Ce ne ſont point des monts, des rochers ſourcilleux,
Ni d'un rempart d'airain l'intervalle barbare,
C'eſt l'eau d'une fontaine, hélas ! qui nous ſépare.
Lui-même à mes deſirs bien loin de s'oppoſer,
Lorſqu'à ces flots émus je confie un baiſer,
De ma bouche enflammée il approche ſa bouche :
Le cruel ! il m'échappe alors que je le touche.
Que peu de choſe nuit au bonheur des Amans !
O toi, qui que tu ſois, viens calmer mes tourmens !
Pourquoi donc me fuis-tu ? par quel deſtin contraire
Ne puis-je te fléchir, t'attendrir & te plaire ?
Ma jeuneſſe pour toi, n'eſt-elle d'aucun prix ?
Des Nymphes ont aimé l'objet de tes mépris.
Que dis-je ? j'entrevois un rayon d'eſpérance :
Sur cette onde attaché, quand vers toi je m'élance.
Lorſque je tends les bras, je rencontre les tiens :
Et tes prompts mouvemens ſont l'image des miens.
Tu ris lorſque je ris : ſenſible à mes allarmes,
Tu parois à mes pleurs mêler auſſi tes larmes :
Tu rends geſte pour geſte, & même en ce moment,
Si ce n'eſt pas encore un doux enchantement,
Tu ſembles me parler, & fidele interprete,
Ce que ma bouche dit, ta bouche le répéte.
Trop douce illuſion ! ſignes trompeurs, hélas !
Que je crois expliquer & que je n'entends pas ?
Mais je n'en puis douter ; j'adore mon image :
Quel Amant dût jamais prétendre davantage ?
Je poſſéde, je ſuis l'objet de mon deſir,
Et je n'en jouis point à force d'en jouir.
Puiſſe-je être à jamais ſéparé de moi-même !
Puiſſe s'anéantir le bel objet que j'aime !
Quel vœu pour un Amant ! Je céde à ma douleur.
De mes jours malheureux l'Amour ſéche la fleur.
Déjà la mort s'approche, & j'y ſuis inſenſible.
                            Elle

Elle eft pour moi la fin d'un menfonge pénible.

IL revient à la fource, en prononçant ces mots ;
Et trouble par fes pleurs la furface des eaux.
Son image à l'inftant s'obfcurcit & s'efface.
Quoi! tu me fuis, barbare, ah ! demeure par grace,
Dit-il, ah ! laiffe-moi jouir de mon erreur,
M'enivrer de moi-même, & nourrir ma fureur.
Ofes-tu m'envier cette cruelle joie ?
Ne pouvant rien de plus, au moins que je te voie.
Il frappe en ce moment, & déchire fon fein ;
Les rofes & les lys s'y confondent foudain.
Vers l'onde colorée où fe peint ce ravage,
Il fe penche, & frémit en voyant fon ouvrage.
Comme aux premiers rayons d'un jour pur & ferein
S'exhalent dans les airs les parfums du matin,
Comme à l'afpeft du feu l'on voit fondre la cire,
Tel Narciffe s'affaiffe, il fe diffout, expire ;
Ce n'eft plus ce Pafteur, par écho préféré.
Forces, couleurs, attraits, tout s'eft évaporé.

LA Nymphe cependant, par lui fi malheureufe,
Imite encor les fons de fa voix douloureufe ;
Hélas ! s'écrioit-il ; elle répéte, hélas,
Frappe les airs des coups dont il meurtrit fes bras,
Et, du fond de la grotte où gémit fa tendreffe,
Joint des adieux plaintifs aux adieux qu'il s'adreffe,
Elle n'entend plus rien. Narciffe inanimé.
Sur le gazon épais tombe & meurt confumé.
Ses fœurs en gémiffant préparent les guirlandes,
Les feuilles de cyprès, les funebres offrandes,
Et déjà le bucher couvert de leurs cheveux,
Semble leur demander leur frere malheureux
On cherche en vain fon corps, on n'en voit plus la
            trace ;
Narciffe difparoît, une fleur le remplace.

※

SALMACIS,
Imitation d'OVIDE.

D'UN antre solitaire une onde vive & pure
Tombe & baigne en fuyant la naissante verdure.
Cette source est sacrée, & l'on n'y voit jamais
Croître ces tristes joncs qu'enfantent les marais.
D'un ombrage éternel le Printemps la couronne,
Et Flore n'y craint point le retour de l'Automne.

UNE Nymphe indolente, en ces charmans réduits
Perd dans un froid repos & ses jours & ses nuits :
Un arc entre ses mains accable sa mollesse,
Et le seul bruit du cor fait frémir sa paresse.
Elle fuit des forêts les sentiers tortueux.
Sa Sœur lui dit souvent : viens te joindre à nos jeux,
Salmacis, prends un arc ; Diane nous appelle,
Arme-toi ; viens, suis-moi ; viens chasser avec elle.
Salmacis, souriant avec tranquillité,
Demeure & s'applaudit de son oisiveté.

ELLE tresse tantôt sa blonde chevelure
Sur la rose & le lys éparse à l'aventure.
Se jouant quelquefois dans un fleuve voisin,
Elle abandonne aux flots l'albâtre de son sein ;
Et son œil, attaché sur leur cristal fidelle,
S'y regardant toujours, s'y voit toujours plus belle.
Quand des feux du Midi les brûlantes chaleurs
Percent la grotte obscure & dessèchent les fleurs,
On la voit reposer sous un dais de feuillage :
Des bosquets parfumés lui prêtent leur ombrage.
Elle dort ; tout se taît : les timides Oiseaux
N'osent plus voltiger de rameaux en rameaux.

Zéphir même s'arrête ; il adoucit pour elle
Ses baisers amoureux & le vent de son aîle
Elle dort ; & son sein doucement agité
N'oppose qu'une gaze à la témérité.

L'AMANTE de Titon sur les gazons humides
Déployoit ses réseaux & ses perles fluides.
Séduite par le calme & l'air pur du matin,
La gorge demi-nue, & le regard serein,
Salmacis moissonnoit les doux présens de Flore ;
Encor tout humectés des larmes de l'Aurore.
Soudain s'offre à ses yeux un Berger plein d'appas,
Et formé pour l'Amour, qu'il ne soupçonnoit pas.
Charmant, il unissoit, doux & rare assemblage !
La fleur de l'innocence à la fleur du bel âge ;
Et la Nature en lui, retardant le desir,
Déroboit à ses sens les secrets du plaisir.
A peine Salmacis peut-elle se contraindre.
Le voir & soupirer, & desirer & craindre,
Ces sentimens divers l'agitent tour-à-tour.
Ses yeux, jadis si doux, étincellent d'amour.
Son orgueil inquiet a connu les allarmes :
Ses avides regards interrogent ses charmes.
Ce ruisseau qui souvent lui peignit sa beauté,
Alors trop peu flatteur, est cent fois consulté.
Elle vole au Berger, s'arrête, se retire :
La frayeur la retient, lorsque l'Amour l'attire.
A travers le feuillage elle suit tous ses pas ;
Desire qu'il approche, & craint son embarras.

ELLE s'avance enfin : Jeune Enfant, lui dit-elle,
Ah ! parlez ; de quel nom faut-il qu'on vous appelle?
Descendez-vous des Cieux pour orner ce séjour ?
Si vous êtes un Dieu, sans doute c'est l'Amour.
Si vous êtes Mortel, heureuse la Maîtresse
Qui de vous a reçu la premiere caresse !
Elle voudroit poursuivre : il se trouble, il rougit ;
Mais son trouble lui sied, sa rougeur l'embellit.

Elle exige de lui cette faveur légere,
Ces baisers qu'à sa sœur peut accorder un frere.
Ah ! cessez, lui dit-il, que vois-je dans vos yeux ?
Cessez, ou pour toujours j'abandonne ces lieux.
Salmacis en pâlit. Demeurez ; je vous laisse ;
Demeurez... Elle fuit alors avec adresse,
Et derriere un buisson, d'où son œil peut le voir,
Elle observe l'instant de remplir son espoir.

SE croyant libre, il vole, erre dans la prairie,
Foule d'un pas léger l'herbe tendre & fleurie,
Et dans ces belles eaux qui l'invitent au bain,
Hazarde un pied craintif qu'il retire soudain ;
Mais bientôt abusé par leur charme perfide,
Sur ces bords enchantés devenu moins timide,
Il découvre à la Nymphe, en quittant ses habits,
La jeunesse en sa fleur prête à donner des fruits.
Ce ne sont point ces traits, cette expression mâle,
Et ces muscles nerveux qui fatiguoient Omphále,
Ni de nos demi-Dieux les brillants attributs ;
C'est le jeune Adonis préferé par Vénus.

SOUS l'eau qui le reçoit & près de lui bouillonne,
Il paroit comme un lys que le verre emprisonne,
Ou comme un bloc d'albâtre, où des ciseaux hardis
Ont sculpté d'un beau corps les contours arrondis.
Salmacis en secret dévore tant de charmes,
Une tendre fureur lui fait verser des larmes ;
Tout jusqu'à l'air si frais qu'on respire en ces lieux
Lui paroît autour d'elle embrasé de ses feux,
Rien ne la retient plus ; elle brûle, frissonne,
Elle ne peut souffrir tout ce qui l'environe ;
Le voile qui la couvre & pese à ses desirs
Détache de son sein, flotte au gré des Zéphirs
Et son œil, de sa flâme éloquent interprête
Est semblable au Soleil que le cristal répéte.

OUI, je te tiens, dit-elle ; & la Nymphe à ces mots,
Jette ses vêtemens, s'élance dans les eaux.

Tour-à-tour elle employe & la force & la rufe ;
Lui ravit des baifers , que l'ingrat lui refufe ;
Sous le voile de l'Onde où fes efforts font vains.
Laiffe errer au hazard fes careffantes mains ,
De fes flexibles bras l'enveloppe , le lie ,
S'enlace dans les fiens , & cent fois fe replie ;
Tel le lierre en naiffant , fur la terre couché ,
Serpente autour du chêne & s'y tient attaché.
L'Amour qui rit en l'air des efforts de la Belle,
Émouffe encor l'organe interrogé par elle ,
Et la Nymphe , expirant de honte & de defirs ,
Dans leur propre foyer cherche en vain les plaifirs.
Dieux , ô Dieux , dans mes bras enchaînez le barbare,
Dit-elle , je mourrai plutôt qu'on m'en fépare ,
L'amour , trop tard hélas ! applaudit à fes vœux,
Et dans un même corps les confondit tous deux.
Sur une même tige , ainfi l'on voit deux rofes
Mourir en même temps , en même temps éclofes :
Qu , tels dans les forêts deux jeunes arbriffeaux ,
Semblent d'un même tronc élever leurs rameaux.

LE PIÉ DE NEZ
DES AMOURS

*A Mlle F.. fous le nom d'*ALEXANDRINE.

JE traverfois les campagnes du Gnide,
　On aime à revoir ce féjour :
　J'y vais encor d'un vol rapide ;
　J'ai l'aîle un peu baffe au retour.
A dix-huit ans qui peut : je les eus ; mais tout paffe :
N'importe , je vis là d'innombrables Amours.
Je ne peindrai ni fleurs , ni Zéphirs fur léur trace ;
　Car , en ces lieux , quoiqu'on dife , & qu'on faffe ,
　Flore & Zéphir ne régnent pas toujours.
Nos petits Dieux aîlés célébroient leurs vacances ;
Carnaval , fi l'on veut , temps des extravagances.
Quand ils font défœuvrés , ces Meffieurs font cent
　　　tours ,
　On le fçait trop : mais enfin qu'on devine ,
　Quel étoit lors de la Troupe enfantine
Le caprice régnant : au gré de fon humeur ,
Chacun jettant carquois , fleches , armure ,
D'une Actrice applaudie , ou d'un célebre Acteur
　　Avoit revêtu la figure ,
　Le maintien digne , & l'abord protecteur.
　　L'un , en robe à grands plis flottante ;
Très-gravement hiffé fur un double patin ,
Marchoit à pas comptés fur l'arene brillante ;
　C'étoit Clairon , en coftume Romain :
Un pauvre Amour honteux jouoit fa confidente.
L'autre , en gros gants de buffle , en habit écourté ,
　Avec un long fabre au côté ,

Se diftinguant par fa folie ,
Ses tours d'adreffe , & fon regard malin ,
Avoit fa tête enfevelie
Sous la calotte de Crifpin.
Un petit furibond , le poignard à la main ,
Effrayoit fes fœurs & fa mere ,
Et tâchoit d'imiter notre illuftre le Kain ,
Autant qu'un Amour peut le faire.
Un fur-tout me toucha par fon air languiffant ;
L'Amour féduit & plaît , fût-il convalefcent :
Je crus voir cet Acteur , que le Ciel nous ménage ,
Et vient de rendre à nos plaifirs ;
Semblable au lys , qui courbé par l'orage ,
Se releve , & renaît aux baifers des Zéphirs.
Certains Amours , déguifés en Ducheffes ,
Le fêtoient malgré fa langueur :
Il reprenoit quelque vigueur ,
Réconforté par leurs careffes ,
Et profitant de leur crédit ,
Aux oififs du canton dreffant une embufcade ,
Payoit à leurs dépens , en amour plein d'efprit ,
Le Médecin qui le guérit ,
Et la beauté qui le rendit malade.
D'autres groupes plus loin fe jouoient à l'envi
Sur des tapis couleur de rofe.
Un Amour folâtroit fous les traits de Luzzi ;
Et même au changement il gagnoit quelque chofe.
L'Amour naïf , qui doubloit Doligni ,
Sembloit tout fier de fa métamorphofe ;
Il en vint un ; il fut le bien venu :
Ce vrai Lutin , parmi nos bons Apôtres ,
Se pavanoit , & , quoique nû ,
Me paroiffoit plus paré que les autres.
Il les narguoit , & les badinoit tous ;
C'étoit le bien-aimé des Graces :
Les ris par efcadrons défiloient fur fes traces :

Son nez fur-tout faifoit mille jaloux.
  Lorfqu'en riant je l'examine,
Vois , me dit-il , comme ils font refrognés ,
Comme ils ont l'air boudeur , comme ils me font
    la mine !
  Les Sots ont tous un pied de nez ,
Depuis que j'ai pris , moi , celui d'ALEXANDRINE.

STANCES
A L'AMOUR

TRADUITES du Grec , & adreffées à une jeune
Athénienne qu'on ne voyoit qu'à travers des
rideaux.

AMOUR , tu me pourfuis encore ,
Moi , déferteur de tes drapeaux ?
Amour , tout l'Univers t'adore ,
Laiffe un feul Mortel en repos.

※

  Près de mon folitaire afyle ,
Refpire une jeune Beauté :
Quel écueil pour un cœur tranquille . . . .
Qui ne l'a pas toujours été !

※

  Je la vois . . . & la vois à peine !
A travers fes rideaux jaloux
L'air qui fe balance entre nous
Eft parfumé de fon haleine.

※

En quittant les bras du fommeil,
Dieux ! que Zélis eft fraîche & belle !
Quel plaifir de fuivre auprès d'elle
L'amoureux progrès du reveil !

※

Ses yeux demi-clos étincelent,
Quoique de langueur abattus :
Par leur laffitude ils révélent
Les doux baifers qu'ils ont reçus.

※

Mais lorfque fes cheveux d'ébene
Voilent négligemment fon fein ,
Malheur à l'œil qui fe promene ,
Et fe permet quelque larcin !

※

Amour , ton adreffe eft extrême.
Lorfqu'en apparence il te nuit ,
Ce voile eft un attrait lui-même ;
Il cache moins qu'il n'embellit.

※

Zélis n'a rien qui n'intéreffe.
Fuyant les preftiges de l'art ,
Elle n'éteint point fous le fard
Le coloris de la Jeuneffe.

※

Si je lui compare le lys
Qu'avec la rofe j'entrelace ;
Zélis emporte encor le prix
Le Lys meurt ; la Rofe s'efface.

※

Lorfque fous le taêt féduêteur
Sa Lyre amoureufe murmure ;
C'eft un concert dont la Nature
A placé l'écho dans mon cœur.

※

Amour , amour , le péril preffe :
Par-tout le piege eft fous mes pas.
Si tu n'éloignes tant d'appas ,
Que va devenir ma fageffe ?

※

Que dis-je , & que fais-je infenfé ?
Ne tiens compte de mes allarmes.
Qui t'implore contre fes charmes ,
Ne veut jamais être exaucé.

※

LE TOMBEAU
A MADAME DE ✶✶✶

QUELLE eft, fous l'épaiffeur d'un lugubre feuil-
lage ,
Cette Tombe où les fleurs s'uniffent au Cyprès ?
Quels font de toutes parts ces fanglots, ces regrets,
Ce morne défefpoir qu'en fecret je partage ?
Je me fens entraîner vers ce fatal féjour.
J'y vois près du tombeau la plaintive Jeuneffe:
Ses cheveux font épars ; une fombre trifteffe
Voile fes yeux mourans qu'importune le jour :
A fes côtés gémit l'inconfolable Amour ....
Quel objet nouveau fe préfente ?
C'eft Polimnie en longs habits de deuil ;
Elle approche, foupire, & fa main languiffante
Peut à peine graver ces mots fur le cercueil :
» Arrêtez-vous dans ce lieu folitaire :
» A ce funebre monument ,
» L'infortuné redemande une Mere ,
» Les beaux Arts un appui, le monde un ornement.

Ombre charmante que j'adore,
Puissent jusques à toi parvenir nos douleurs !
La même Muse, hélas ! qui chantoit ton aurore,
Veut, lorsque tu n'es plus, te célébrer encore :
Je t'offrois de l'encens, & je t'offre des pleurs.

A MLLE. DOLIGNI,

Pour mettre au bas de son portrait.

PAR les talens & la décence
Tu nous captives tour-à-tour ;
Et tu souris comme l'Amour,
Quand il avoit son innocence.

LES

DEUX FLEURS RIVALES,

A EGLÉ.

JALOUSE de ton choix pour la Reine des Fleurs,
Dans tes jardins une triste immortelle,
Rampant au pied d'une rose nouvelle
Encor dans son bouton, peint de vives couleurs,
Lui disoit ce matin : » Ah ! garde-toi d'éclore :
    » Ignores-tu quel sera ton destin ?
» Crains de t'épanouir ; crains les pleurs de l'Aurore?
» Qui préparent ta chûte, en parfumant ton sein ;
» Et, sans te prévaloir des caresses de Flore,

» de l'humble Violette apprends l'art de jouir :
 » Elle aime mieux s'enfevelir fous l'herbe ,
 » Cacher au jour les larcins du Zéphir ,
 » Que d'étaler cette tige fuperbe ,
» Cet éclat orgueilleux qu'un foufle peut ternir.
La Rofe lui répond : » Apprends à me connoître :
» Ne fût-ce qu'un inftant, regner eft un plaifir.
» Mon deftin par toi-même eft envié peut-être ;
 » La main d'Églé va bientôt me cueillir :
» Je vais orner fon fein, y briller, y mourir ;
» Et ce trépas vaut bien qu'on s'empreffe de naître.

VERS

Sur une Eclipfe.

RASSURE-TOI, jeune Thémire :
Que j'aime cette utile & douce obfcurité !
 J'ai vu, j'adore ta beauté ;
 Le Soleil peut ceffer de luire.
 Qu'ai-je befoin de fa clarté
 Pour t'aimer & pour te le dire ?
Laiffons , crois-moi , ces globes radieux
 Errans ou fixes dans leur fphere ,
Nous dérober , nous rendre la lumiere :
Tandis que d'un pas fûr Clérault franchit les cieux,
 Allons à tâtons fur la Terre.
L'Amour , les yeux voilés rencontre le bonheur ;
 Quand il s'abbat fur le fein de fa mere ,
Atravers fon bandeau c'eft l'inftinct qui l'éclaire.
 Suis cet inftinct , il n'eft jamais trompeur.
Le Ciel nous favorife : oui , fuis-moi , ma Thémire ,
 Viens recevoir & mon cœur & ma foi :
 Tout brille à mes yeux , tout refpire ,

Et rien n'eſt éclipſé pour moi.
Tu tombes dans mes bras !.... tu brûles de ma
flâme :
Ton ſein frémit ſous le taƐt amoureux :
Sur mes levres de feu je ſens voler ton ame ....
Tu ſoupires ... Je ſuis heureux.
Le jour renaît ... fuyez , vaines allarmes ;
Ses feux raniment mes deſirs :
Il reparoît pour éclairer tes charmes ;
Il ſe cachoit pour voiler nos plaiſirs.

P O R T R A I T

D'un *Chevalier François.*

S I l'on peignoit l'honneur François ,
Je voudrois qu'il fût ceint d'une écharpe éclatante ,
Qu'autour d'une taille élégante ,
Les amours renoûroient ſans pompe & ſans apprêts,
Ses yeux ſeroient brillans d'une douce allégreſſe :
Ses longs cheveux , négligemment épars ,
Ne ſeroient point treſſés des mains de la molleſſe :
On reconnoîtroit Mars au feu de ſes regards.
A la viƐtoire on le verroit ſourire ;
Ses graces même auroient un air guerrier :
D'une main il tiendroit des branches de laurier
Et de l'autre des fleurs pour le ſein de Thémire.
On repréſenteroit des ſieges , des combats ,
Autour de cette auguſte image ,
Elle peindroit l'Amour , la vertu , le courage ;
Et le nom de Briſſac ſeroit inſcrit au bas.

※

PORTRAIT
D'ISMENE.
STANCES.

Amour ; commence le tableau !
Qu'il fera beau, s'il eft fidele !
Voilà les couleurs, le pinceau :
Et dans mon cœur eft le modele.

※

L'ouvrage eft digne de ta main ;
C'eft à l'Amour à peindre Ifmene.
Sur l'albâtre d'un front ferein
Trace deux jolis arcs d'ébene.

※

Plus bas deffine un œil charmant,
Cet œil trop rigoureux peut-être,
Qui, tour-à-tour, fier & touchant
Défend le defir qu'il fait naître.

※

Peins le plus amoureux Zéphir
Semant de fleurs fes levres clofes ;
Mais viennent-elles à s'ouvrir,
Peins des perles parmi les rofes.

※

Avec art fufpens fes cheveux,
Et treffe-les en diadême ;
Laiffe-les flotter, fi tu veux ;
Ce défordre lui fied de même.

※

Pour m'offrir les brillans contours
De fa taille fvelte & légere ; —
Peins la plus agile Bergere
Qui cherche ou qui fuit les Amours.

※

De fon doux & tendre fourire
Exprime le charme fecret :
Peins ce qu'il dit , ce qu'il promet;
Moi , je peindrai ce qu'il infpire.

※

Acheve , arrondis ce beau fein ,
Où tu ceffes d'être volage.
Le pinceau tombe de ta main :
Arréte & baife ton ouvrage.

※

REPRÉSENTATION

A MADAME D✱✱✱

QUI me remettoit à deux ans.

DEux ans ! deux ans ! y fongez-vous ?
Hélas , fongez-vous bien , Madame ,
Duffé-je vous mettre en courroux ,
Que lorfqu'un bel œil nous enflâme ,
Deux jours même font trop pour nous ?
Deux ans ! Dieu ! quelle traverfée !
Oui , près de ce trifte Lignon ,
Dont la fource eft encor glacée ,
Par les foupirs de Céladon ;
ur cette rive délaiffee

Où des Bergers d'un mauvais ton,
Fiers d'un pénible apprentiſſage;
Béniſſoient leur ſot eſclavage,
Et mouroient par diſcrétion.
Jamais Iris, jamais Aminte
N'uſérent de tant de rigueur:
C'eſt trop d'un ſiecle de contrainte,
Pour un ſeul inſtant de bonheur.
Allons, d'une loi trop ſévere,
Adouciſſez l'auſtérité:
Ce demi jour qui nous éclaire
Favoriſe la volupté.
Quel enchantement! quel délire!
L'Amour colore votre teint:
Dans ces fleurs c'eſt lui qu'on reſpire:
Dans le ſouffle de ce Zéphire
Il vient rafraîchir votre ſein.
Le voyez-vous comme il agite
Les plis moirés de ces rideaux?
Il vous appelle, il vous invite:
Il tient la Couronne d'élite
Qui ceint le front de ſes héros.
Cédez enfin; tout vous en preſſe:
Nous ſommes ſeuls, & j'ai vingt ans. *
On ne peut mieux prendre ſon temps,
Pour bien placer une foibleſſe.

* Je les avois dans le temps que je fis cette repré-
ſentation.

L'HOMME DÉTROMPÉ,
CONTE MORAL.

Dans ce cahos, que l'on nomme Paris ;
Monrose, orné des graces du bel-âge ;
De la richesse y joignoit l'avantage :
Il avoit tout, chevaux, bijoux, habits,
Et de son esprit même il faisoit quelque usage ;
C'est beaucoup à vingt ans ; & sensible & volage,
Il ne marchoit jamais qu'escorté par les ris.
 Il étoit brave & brillant à la guerre,
 Plaisant sur-tout, disant de très-bons mots,
 Et se mocquant d'un Sot atrabilaire
Qui se bat tristement, & se croit un Héros.
Le fort n'avoit pour lui qu'une douce influence,
Églé le fit Marquis, Bélise Colonel,
 Ce qui vaut mieux que Maréchal de France ;
 C'étoit un reflux éternel
De plaisirs, de faveurs que fixoit sa présence :
Sa toilette plioit sous mille billets doux,
Chaque jour ajoutoit des fleurs à sa couronne ;
 Il ne pouvoit suffire aux rendez-vous ;
Il eût fait un cocu sur les degrés du Trône.
En vain tout nos Plutus païoient argent comptant :
Monrose avoit crédit auprès de leurs Lucreces ;
Il gagnoit leur argent, leur souffloit leurs maîtresses,
Et les combloit d'honneur, en les désespérant.
Il amusoit les grands, sans basse complaisance,
Déridoit une Altesse & même une Éminence :
 Il leur laissoit leurs cordons fastueux,
 Leur étiquette & leurs jours d'audience,

Mais lorfqu'il falloit plaire, avoit le pas fur eux.
  Encor tout étourdi de fa bruyante ivreffe,
  Monrofe un jour s'avifa de penfer ;
Car on finit par où l'on devroit cemmencer ;
Et c'eft toujours l'erreur qui mene à la fageffe.
  Il penfa donc : un vuide affreux,
S'entr'ouvrit fous fes pas, il vit fuir le preftige,
Surprit le froid dégoût fous le mafque des jeux ;
  Et fentit bien, après un long vertige,
Qu'il étoit ennuyé, c'eft-à-dire, ennuyeux.
Il foupire, il fe craint ; il fe cherche, il s'évite ;
Son cœur eft déjà vieux, il faut le rajeunir.
Quand l'Oifeau voit le piege, il prend foudain la
          fuite ,
Monrofe prend la pofte, & pourfuit le plaifir:
Le plaifir l'attendoit dans le fond d'une Terre
    Qu'entourent d'immenfes canaux,
    Où la Nature folitaire
Se plait au fond des bois & fur le bord des eaux :
Il ordonne, il projette, il conduit des travaux ;
Il a pour compagnons & Montagne & Voltaire.
Il eut mille flatteurs ; il a quelques amis.
Quelques Femmes fans ton & peu de beaux-efprits ;
Il dort ; il fait du bien, & fur-tout il digere,
Et dit à fon réveil, en fe frottant les yeux :
Qu'un homme aimable eft loin d'un homme heureux!

BILLET

EN réponse à des vers que l'Auteur appelloit Verficulets.

J'AI reçu vos Verficulets,
Verficulets vous plaît à dire.
Tous ces grands vers qu'on toife exprès,
Sont bien pefans, bien longs à lire :
De plus petits, s'ils font bien faits,
N'en font pas moins chers à la gloire ;
Grace à leur taille, à leurs attraits,
Ils fe gliffent dans la mémoire,
Et puis ils n'en fortent jamais.
L'Aigle eft altier, je le révére ;
Mais tous mes fens font allarmés,
Quand de fes ongles enflammés
Il laiffe échapper le tonnerre.
A quoi tant de bruit eft-il bon ?
J'aime bien mieux, je le confeffe,
Le paifible & difcret Pigeon
Que députoit Anacréon
Vers fes Amis & fa Maîtreffe.

AUTRE
A MLLE F...
Dont le Patron est S. ALEXANDRE.

ON parle de deux Alexandres ;
L'un est un Saint , l'autre un Héros.
L'un mettoit les Villes en cendres ,
Et l'autre s'ennuyoit comme font les dévots.
  Va , crois-moi , jeune Alexandrine ,
  Tu l'emportes fur tes Patrons ,
  Héros ou Saints : tes yeux fripons ,
  Ta gaîté , ta grace enfantine ,
Pour foumettre nos cœurs , valent , je l'imagine ,
  Des meurtres ou des oraisons.
Et qu'est-ce auprès de toi que ce vainqueur d'Arbelle?
Ton pouvoir est plus juste & plus vrai que le sien :
  A fon joug on étoit rebelle ;
  Et l'on vole au devant du tien.
  Pourfuis , tes couronnes font prêtes ;
Dans le champ des Amours tu peux tout hazarder :
Ainfi que ce Héros , tu feras cent conquêtes ;
  Et mieux que lui tu fçauras les garder.

LE BOUTON

DE ROSE.

CETTE Rose, dans son bouton,
  Peint l'innocence de ton âge ;
Et de ses sœurs dévance la saison,
'our être la premiere à t'offrir ton image.

A M. DE P.

EN lui envoyant l'ASTRÉE.

QUOI, libertin, tu veux lire l'Astrée,
Ce Code doucereux rédigé par l'ennui,
  Où de Durfé la plume timorée
Nous trace un vieil Amour que l'on siffle aujourd'hui !
  Tu vas y voir un Céladon transi,
Des glaces du Lignon sauvé par des Bergeres ;
  Petit Pasteur en héros converti,
Parcourant du Forêt les rives solitaires,
  Qui sçait rougir & n'a jamais menti ;
Qui, froid adorateur de sa belle maîtresse,
Toujours laisse envoler l'instant qu'il faut saisir,
Confie aux seuls échos sa dolente tendresse,
Et consume en respects les momens du plaisir.
  Laisse, crois-moi, ces archives antiques :
  On prétend que nos bons Aïeux

Ont admiré ces peintures gothiques ?
Ils s'ennuyoient : n'admirons pas comme eux.
    Je l'avoûrai, quoiqu'on en dife,
    Je fuis pour l'amour d'à préfent.
Il pleure, il rit, fe mafque, fe déguife ;
Il eft fripon, mais il eft amufant,
Philofophe bien plus ; chacun l'eft à fa guife.
Il défarme en riant l'altiere dignité ;
Sous les jeux d'un enfant cache l'orgueil d'un
            Maître,
    Badine avec la Majefté,
Et toujours eft heureux ou toujours cherche à l'être.
    C'eft fort bien fait ; tel eft l'art de jouir.
Le defir eft, dit-on, infolent, téméraire :
    L'Amour eft enfant du defir,
    Il doit reffembler à fon Pere.

A LAIS.

J'AIME à voir fous tes traits Ariane & Didon ;
    Elles y gagnent, je te jure ;
Je partage leurs pleurs, je plains leur abandon ;
Énée eft un ingrat ; Théfée eft un parjure :
    Tu regnes par l'illufion ;
    Ton art reffemble à la Nature :
Mais, je te l'avoûrai, cet appareil pompeux
    N'eft pas ce qu'en toi je préfere :
Je hais la Majefté qui te cache à mes yeux ;
    La Majefté ne m'intéreffe guere :
    En pet-en l'air tu me plairois bien mieux.
J'ai l'inftinct très-bourgeois & le goût très-vulgaire,
Ce beau front qui jamais n'annonça de rigueurs ;
Cette bouche vermeille où le baifer refpire,

Ton regard libertin, ton éloquent sourire,
Tes refus irritans plus doux que tes faveurs,
 Voilà dans toi ce qui peut me séduire ;
Souveraine des sens, que t'importent les cœurs ?

AUTRE

AUX DANSEUSES

DE L'OPÉRA. *

DE Terpsicore chastes Sœurs,
Un impudent, Ciel ! quel outrage !
A, dit-on, censuré vos mœurs.
On voit bien qu'il n'a pas mon âge,
Et qu'il n'eut jamais vos faveurs.
Armez contre lui la Nature :
Courez, les torches à la main,
Déchaîner contre le parjure
Tous les monstres du magazin :
Évoquez les Dieux & les Diables ;
Ils sont tous vos humbles valets :
Qu'ils vengent vos talens aimables,
Votre pudeur & vos ballets.
Quel reproche peut-on vous faire ?
Si par fois, sous l'œil du mystere
Vous dupez quelque sot Midas,
Ou quelque vieux atrabilaire,
Pour vous envoler dans les bras

* Il couroit contre elles une satyre, dans laquelle
on leur disoit des vérités dures.

Du jeune & brillant Mousquetaire ;
Ce sont vos droits, je les révére ;
Il n'est point de plus doux loisirs.
L'Amour vous défend la décence ;
Il vous forma dans sa clémence
Pour éparpiller ses plaisirs.

LE SOUFFLE
DE GLICERE,

Ou les Œufs métamorphosés.

Voici deux œufs frais pondus,
Je les ai dénichés moi-même,
Et dénichés pour ce que j'aime.
Tien, Glicere, soufle dessus.
Connois ce que peut ton haleine ;
Soudain de leurs blanches prisons,
Vont s'élancer deux Mirmidons,
Aîles au dos, se soutenant à peine,
Que par degrés tu verras s'enhardir,
Puis voler sur ton sein & bientôt y grandir.
Avec ces marmots-là ne sois pas trop sévere.
Laisse-les bien baiser & ta bouche & tes yeux,
Et déranger cent fois cette gaze légere,
Qui, voilant tes appas, pourroit nuire à leurs jeux.
Ce n'est pas tout d'être leur mere ;
Il faut les amuser, leur plaire,
Et poliçonner avec eux.

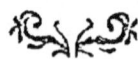

BILLET

BILLET
A UN JOURNALISTE.

J'AI lu ce que vous avez dit
De mes lambeaux épiſtolaires ;
Je hais les louanges vulgaires
Dont le ton mielleux m'affadit.

※

Mais que les vôtres me font cheres !
Déjà l'amour-propre aux aguets
Venoit me tendre ſes filets,
Et me bercer de ſes chimeres.

※

Soudain avec dextérité
Une critique délicate,
D'un ton qui m'inſtruit & me flatte,
Me vient offrir la vérité.

※

Que vous la rendez ſéduiſante !
J'ai cru la voir dans ſa beauté,
Elle n'a jamais d'âpreté
Quand c'eſt le goût qui la préſente.

※

Sous nos berceaux l'arbre étalé
Doit ſa vigueur à la Nature :
Mais il doit au moins ſa parure
Aux ſoins de l'art qui l'a taillé.

※

J'aime l'éloge & je l'oublie :
Je me ſouviens de la leçon,
L'un plait à ma coquetterie ;
Et l'autre plaît à ma raiſon.

Partie IV. H

AUTRE

A MLLE ✳✳✳

*Qui me propofoit d'aller , dans un defert , paffer
un mois avec elle.*

UN mois, dans un defert ! es-tu de bonne foi ?
   Qui , toi, vive , aimable & légere,
  Dans un defert , & fur-tout avec moi,
L'Amant le moins champêtre , le moins folitaire !
On t'adore en ces lieux ; ils font ornés par toi :
Doit-on abandonner les lieux où l'on fait plaire ?
Quelquefois , pour rêver , l'amour quitte Cythere ;
   Mais il faut , du moins je le croi,
  Il faut toujours une cour à fa mere :
Va ; laiffons ce projet ; foyons de notre temps :
   Ton front brillant des rofes du bel áge,
    Ton doux fourire , tes talens ,
    Sont-ils faits pour un hermitage ?
Il vaut mieux fous fa main avoir tous fes Amans :
    On peut vouloir être volage ;
    Cela s'eft vu de temps en temps :
Que devenir alors dans un antre fauvage ?
   Ne vois-tu pas d'ici perdre déjà courage ,
  Deux triftes cœurs , forcés d'être conflans ?
    Suivons donc la route ordinaire ,
  Souffrir mes vœux , & puis les rejetter,
Paroître , tour-à-tour , indulgente & févere ,
T'embellir, chaque jour, pour mieux me tourmenter,
   Me défoler , à force de me plaire ,
Me prendre par humeur , en riant me quitter,
A la Ville , en un mois , tout cela fe peut faire.

-✳-

VERS

Sur le Mariage de M. de la Marche, premier Préfident du Parlement de Dijon.

PRÉS de ces fertiles côteaux
Où Bacchus ouvre fes fontaines ,
   Et , paré de pampres nouveaux ,
Fait couler à longs traits le pomar dans fes veiness ,
   Sous des berceaux , loin du fracas des Cours ,
J'ai vu l'hymen ordonner une fête ,
   Le front riant , ce qu'il n'a pas toujours ,
   Il menoit fa double conquête
   Qu'avec orgueil il montroit aux amours.
Sur les pas de l'époux on voyoit la prudence
Et l'équité févere , unie à l'enjoûment ;
La Nymphe fur fa trace enchaînoit la décence ,
La jeuneffe fans fard , & fans vain ornement ,
Cette féduction que la beauté commence ,
   Et qu'acheve le fentiment.
   Son front peignoit ce défordre charmant
   Cet embarras de l'innocence
Qui difpute une Rofe aux tranfports d'un Amant
   Plus fier de vaincre après la réfiftance.
L'Amour près d'elle heureux de s'arrêter ,
D'un air foumis lui remettoit fes armes ,
   Sans bandeau , pour voir tant de charmes ,
Et fans aîles fur-tout , pour ne les plus quitter.

※

THÉMIRE·

J'Ai vu Thémire dans nos champs ;
Comme à la ville elle y fçait plaire.
Thémire écoutoit mes accents
Amour Thémire étoit bergere.
Elle étoit belle fans apprêts ;
Les lieux où brillent fes attraits,
Sont toujours ceux que je préfére.

※

Sous un bofquet, fous des lambris,
De triompher elle eft bien sûre,
Les cheveux chargés de rubis,
Le front couronné de verdure.
Près d'elle tout paroît charmant ;
De tout elle fait l'ornement,
Et rien ne lui fert de parure.

※

Si l'art quelquefois la féduit
Dans le féjour de l'impofture,
Bientôt le fentiment l'inftruit
Et la ramene à la Nature :
Oui ; c'eft une onde que les vents
Troublent pendant quelques momens,
Mais dont la fource eft toujours pure.

※

LE PLAISIR.

TEs yeux promettent le bonheur,
  Confirme leur langage,
Va, le plaisir vaut bien l'honneur
  D'être fiere & sauvage.
  Quand l'Amant n'est point trompeur,
Son triomphe est un hommage.

※

Sous l'aîle du tendre Zéphir
  Voi cette rose éclorre ;
Voi son incarnat s'embellir
  Des baisers de l'Aurore ;
  Jeune Églé, c'est le plaisir
Qui l'anime & la colore.

※

L'oiseau sous ces bosquets fleuris
  Le peint dans ses caresses :
Lui seul donne aux Amans chéris
  Leurs nuits enchanteresses,
  Et Vénus lui dut le prix
Disputé par deux Déesses.

※

Dieu charmant, veille à mon destin,
  Rends Églé moins cruelle ;
Laisse-moi mourir sur son sein,
  Et renaître pour elle ;
  C'est là que je veux enfin
M'écrier, Dieux ! qu'elle est belle !

VÉNUS DÉTRONÉE.

A Mde. de T....

L'ENFANT qu'adore la Terre,
Le Dieu que l'on nomme amour,
Le front ardent de colere
  De fa mere
  Trop févere
Voulut s'affranchir un jour.

※

Le voilà battant de l'aîle,
Et plein d'un fecret ennui,
Cherchant la Vénus nouvelle,
La Bergere la plus belle
Et la plus femblable à lui.

※

C'eft Églé qu'on lui propofe ;
Il la voit, & dit foudain :
De mes traits qu'elle difpofe,
  C'eft la rofe
  Fraiche éclofe
Aux doux rayons du matin.

※

Difparois, Fille de l'Onde,
Ne régente plus ma Cour ;
Toi, fi ton cœur me feconde,
Belle Nymphe, dès ce jour
Sois Vénus aux yeux du monde,
Mais fois Pfyché pour l'Amour. *

* Ces Stances peuvent fe chanter fur l'Air : *Quand
je vais au bois feulette. Gavotte de Rameau.*

LES VENDANGES
DE VENUS.

Dans l'Ifle de Cythere
Vénus a fon preffoir
Que d'une main légere ,
Les plaifirs font mouvoir.
On y puife fans ceffe
Ce nectar précieux ;
Que verfe la jeuneffe
A la table des Dieux.

※

Cuve où l'on eft à l'aife
Plaît le mieux à Bacchus ;
Ce goût , ne lui déplaife ,
Siéroit mal à Vénus :
Le plus petit efpace
Renferme mille appas ;
Le vin tient de la place ,
Le plaifir n'en tient pas.

※

Tout rempli d'allégreffe ,
Comme on voit le Glaneur
Grapiller ce que laiffe
Le fer du Vendangeur ;
Armé d'une faucille ,
Dans Cythere à fon tour ,
Le pauvre Hymen grapille
Les reftes de l'Amour.

※

H 4

Ennemi du myftere
Bacchus cherche un féjour,
Que le foleil éclaire,
& vendange le jour :
Vénus aime le fombre
Du plus fecret réduit,
Elle fe plait à l'ombre,
Et vendange la nuit.

※

CONSEILS
D'UNE BERGERE.

LE connois-tu ce Dieu perfide,
Qui charme & trompe les humains,
Ce Tyran, ce volage guide,
Cet Enfant qui fait nos deftins ?
Cloé, je vais te le dépeindre :
De ton cœur ferme-lui l'accès.
Moi, j'ai trop appris à le craindre,
Pour croire encore à fes bienfaits.

※

D'abord il rit, flatte & badine :
Le piege eft caché fous des fleurs ;
Les feux d'une ivreffe enfantine
Brillent dans fes yeux féducteurs ;
Long-temps on le voit fe contraindre
Et l'art embellit fes attraits,
Mais j'ai trop appris à le craindre,
Pour croire encore à fes bienfaits.

※

Déjà par un charme invincible
On ose se joindre à ses jeux ;
Par degrés on devient sensible,
Et soi-même on forme ses nœuds.
Le traître alors cesse de feindre,
Il blesse & s'enfuit pour jamais...
Ah ! j'ai trop appris à le craindre
Pour croire encore à ses bienfaits.

Tu soupires ! ton sein palpite !
Dans tes beaux yeux quelle langueur !
Contre l'amour quand je t'excite,
L'Amour seroit-il dans ton cœur ?
Cloé, que tu serois à plaindre !
Mais je respecte tes secrets :
Moi, j'ai trop appris à le craindre
Pour croire encore à ses bienfaits.

RONDE

Pour une fête donnée à Bercy à deux jolies femmes.

Air : *Amis chantons à la ronde.*

AMIS, dans quel lieu du monde
Rit-on, chante-t-on aujourd'hui ?
Qu'avec nous l'écho réponde :
C'eft à Berci, c'eft à Berci.

※

Berci pour nous devient Cythere :
Des amours c'eft le rendez-vous ;
Ils quittent le fein de leur mere,
Pour venir jouer avec nous.

  Amis, &c.

X

Deux ont volé la reffemblance
De Mélanie & de Luci ;
Ile ont des droits à la conftance,
Quand ils font déguifés ainfi.

  Amis, &c.

※

Brillantes Nymphes de la Seine,
De fleurs couronnez vos batteaux ;
Noyons le chagrin & la peine :
Plaifirs, nagez entre deux eaux.

  Amis, &c.

※

Bacchus nous verra du rivage ,
L'Amour tiendra les avirons :
Vénus écartera l'orage ,
Pour qu'on entende nos chanfons.
　　Amis , &c.

La jeuneffe eft de ce voyage :
C'eft la beauté qu'elle conduit ;
Et la beauté ne fait naufrage
Que quand la jeuneffe s'enfuit.
　　Amis , &c.

La nuit fur ce bel hémifphere
Etend fon crêpe , mais en vain :
Le plaifir ici nous éclaire ;
Il fera jour jufqu'à demain.
　　Amis , &c.

AUTRE

Pour un souper où se trouvoient deux jeunes personnes pleines de talens.

Air : *Enfans de quinze ans.*

Buvons , rions jufqu'au matin ;
Saififfons l'inftant du bel âge :
La Raifon , au regard chagrin ,
Eft folle , à force d'être fage :
On peut égayer fes fermons ,
Par mille jeux , par des chanfons.
   Enfans de quinze ans ,
   Demandez à vos Mamans.
        ※

On badine avec les Amours
Sans bleffer en rien la décence :
S'aimer bien & s'aimer toujours ,
C'eft la véritable innocence.
L'autre n'eft rien qu'un jeu de l'art ,
Que l'on quitte toujours trop tard.
   Enfans , &c.
        ※

La gloire plaît aux jeunes cœurs ,
Et de vous deux elle difpofe :
Vous négligez les humbles fleurs ,
Pour la palme qu'elle propofe ;
Mais qu'il eft doux de marier
Quelques brins de myrthe au laurier !
   Enfans , &c.
        ※

A la rose dans son bouton ,
On peut comparer votre aurore ;
Mais l'amour est le doux rayon
Par qui la rose doit éclore.
Ce n'est pas tout que de fleurir ;
Il faut encor s'épanouir.
  Enfans , &c.

※

Je ne veux point vous allarmer ,
Oublions l'amoureux délire ;
Demain il sera temps d'aimer ;
Aujourd'hui ne songeons qu'à rire.
Lorsque l'on aime , adieu les jeux
On ne rit plus , on fait bien mieux.
  Enfans , &c.

※

VERS

SUR SOISSONS.

Traduits du latin de la Monnoye.

SOISSONS, ta plaine fortunée
* Du bon Adam fut , dit-on , le jardin ;
C'est-là qu'il végétoit le long de la journée,
  Tout ébahi sous les berceaux d'Éden.
Tandis que Madame Eve , errante à l'aventure ,
  Sans ornement , sans feuille de figuier ,
S'en alloit coquetter pour se desennuyer ,
Et le laissoit bâillant admirer la Nature ;

Vieux dicton du Pays.

D'un beau reptile à l'œil rufé
Dreffant fa crête d'or à travers la verdure
Écoutoit le propos doux & fymmétrifé,
Et damnoit la race future
Pour complaire au grand Diable, en Serpent déguifé.
* Un Mortel aujourd'hui qui pare la Raifon,
Qui dégrada le premier homme,
A fixé le bonheur près de ton beau vallon ;
Les péchés qu'on y fait font au moins de bon ton,
** De vrais péchés d'Elus, permis en Cour de Rome,
Et l'on auroit trop de confufion ;
De s'y damner pour une pomme. †

DÉLIRE NOCTURNE.

Traduit d'un Auteur Irlandois.

TANDIS que le Dieu du repos
De fon aîle molle & légere
Careffoit ta belle paupiere,
Et l'humeƈtoit de fes pavots,
Tandis que les riants menfonges,
Te peignoient encor mes defirs ;
Qu'autour de toi, l'effain des fonges,
Sans bruit, éveilloit les plaifirs ;
Refté feul, la tête échauffée
De métaphyfique & d'amour,
Je bravois les traits de Morphée,

* *Intendant alors.*

** *Sans doute il avoit chez lui de jeunes Femmes nouvellement mariées.*

† *On n'a garde d'approuver le ton léger qui regne dans cette Piece, dont on n'eft que le Traducteur.*

En rêvant, j'attendois le jour.
J'ofois, Philofophe no_c_turne,
A l'Univers donner des loix :
De Minos ufurpant les droits,
Je confondois dans la même urne
Le fort des Sujets & des Rois ;
Et dans mon réduit taciturne,
Tout étoit foumis à ma voix.
Ainfi m'érigeant en arbitre,
Je fens s'ébranler la maifon ;
J'entens fiffler dans chaque vitre
Le fifre aigu de l'aquilon.
Je jure fix pas à la ronde,
A l'abri de mon paravent ;
Et le Réformateur du Monde
Eft aux prifes avec le vent.
Soudain fur un char diaphane,
Par deux Chérubins éclairé,
Defcend dans mon humble cabane,
Un bel objet, bien éthéré,
Qui dans fon attirail facré
Mêle un tant foit peu du profane,
Que de tout temps j'ai préféré.
De fa guimpe Zéphir difpofe,
Son regard eft un doux rayon,
Sa bouche a l'odeur de la rofe,
Et fa gorge en a le bouton.
Un pied charmant & fans chauffure
Me parut un échantillon
Du plus voluptueux augure :
Je crus que le Ciel tout exprès
Me fufcitoit cette aventure ;
Et déjà je me préparois,
Pour me foumettre fans murmure
A fes refpe_c_tables décrets.
   N'approche pas, je fuis ***

Dit-elle, une Sainte d'honneur,
Très-bavarde, ne t'en déplaise,
Et qui, connoissant ton humeur,
Vient ici jaser à son aise,
Quoique tu sois un grand pécheur,
Fort menacé de la fournaise.
Du Monde ardents restaurateurs,
Nos Bonzes que je multiplie,
Grace à ma réforme établie,
Sont devenus encor meilleurs,
Et, dans leurs ferventes ardeurs,
Triplant toujours leur exercice,
Forment une sainte milice
Beaucoup plus digne de nos fœurs.
Les Philosophes & les Sages,
M'adressent leurs doctes hommages;
Ils ont honoré mon tombeau.
Leur culte n'a rien qui m'étonne,
De Fani je suis la Patronne;
Voilà mon titre le plus beau.
Elle en auroit dit davantage;
Mais moi qui m'enflammai soudain,
J'interrompis ce verbiage,
Et voulus me rendre certain
Si cet aërien corsage,
Étoit solide sous la main;
Mon âge méconnoit la crainte,
L'assaut ne m'épouvante pas.
Je cours, je m'élance, & la Sainte
Devient une ombre entre mes bras;
Elle s'évapore, qu'y faire?
Les Mortelles valent bien mieux
Que ces Saintes que l'on révere.
Sa fuite ne m'afflige guere.
Qu'elle se tienne dans les Cieux;
Mais toi demeure sur la Terre.

A M.

A M· DE····

QUI me conseilloit de répondre à une critique.

Vous voulez, pour un foible outrage,
Que j'aille sonner le tocsin ;
Afficher avec étalage
Un ressentiment enfantin,
Et me venger en Écrivain,
Quand je puis m'amuser en Sage ?
Ma foi je n'ai point ce courage.
A mon Drame un peu brusquement
J'ai voulu donner la naissance :
Le Public eut la complaisance
De m'en dire son sentiment,
Et de m'avertir, en bâillant,
De mon défaut d'expérience ;
J'ai cédé par reconnoissance
Aux vœux de ce Juge indulgent,
Et nous voilà quittes, je pense.
Après cet accommodement,
Dans l'Arêne irois-je descendre,
Remuer une triste cendre
Qui repose paisiblement ?
C'est trop exiger, trop prétendre,
Laissons mon Drame, s'il vous plaît :
C'est bien assez de l'avoir fait ;
Sans qu'il faille encore le défendre.
   QUE j'aime la sérénité
De l'apatique Fontenelle !
Je veux le prendre pour modele,
Au moins, dans sa tranquillité.
Le bon homme, selon l'usage,

Partie IV.   I

Fut par les Sots perfécuté.
Déjà fiffloit fur fon paffage
La trifte médiocrité.
Ses yeux fe détournoient à peine ;
A peine il entendoit leurs cris :
Il fe fauvoit, par le mépris,
Des tourmens que donne la haine.
Enfin, très-difpos & très-vieux,
Dans un calme voluptueux
Il mourut, fans daigner confondre
Les Sots, qu'il dut bien étonner,
Et qui n'ont pu lui pardonner
D'être ainfi mort, fans leur répondre.

A UN ENFANT

Pourfuivant des Abeilles.

ENFANT, d'où viennent tes fureurs ?
Tu pleureras ton imprudence.
Ces volatiles bienfaiteurs
Avec eux portent leur vengeance.
Pour leur butin ils ont des fleurs,
Et leur aiguillon pour défenfe.

FIN de la quatrieme & derniere Partie.

TABLE

Des Pieces contenues dans ce Volume.

EPITRES.

Fin de la Table.